追光之歌

From Chang'an to Taipei

屈穎　陳大謀

謹以此書獻給

劉學慧女士

及所有成為我們翼下之風的父母、祖輩們

One and Only

我跪在佛前，默默地問：我和妳到底是怎樣的緣分？

我的手機、電腦裡有太多關於妳的照片、文字，
腦海裡更是裝滿關於妳的記憶。閉上眼，妳的美再次浮現。

妳愛花，我屋子裡仍擺著妳送的那永不凋零的花束，依舊鮮豔，依舊芬芳。
那束花的名字叫「One and Only」（獨一無二）。
妳說，那代表了我對妳的意義。

妳知道嗎？那更是妳在我生命中的位置與重量！

淚水在眼中打轉，但是我會忍著不哭，因為妳說我哭，謀謀會更難過。
妳要我做你們兩人的靠山。我會忍著，忍著，忍著……。

佛不語。

關於妳的貼文蓋住了屏幕，每張圖片，都是與妳結過一段緣的人精心挑選的。
妳是那麼美，那麼美，那麼美。發著光，照亮了許多人的心房與夜空。

妳，只有付出，時間、精力、愛，和妳能給予的一切。
寬厚、慷慨、慈愛，妳不是觀世音菩薩的化身又是誰？

妳的光，璀璨、溫暖；
妳的愛，寬廣、悠長。

妳，就是這世間最美的花，用妳的生命述說無常與信仰，
用妳的美麗帶給人們歡喜與希望。

佛低垂著眼，仍不語。妳的臉龐與佛相疊，我不再問，淚水從眼角滑下。

此生的緣已了，情還未斷，相信我們會再續前緣！

楔子

最難逾越的海峽

二〇〇七年，兩岸還沒有直航，台灣可以自由往來大陸，而作為單身未婚的大陸女同胞，是無法前往台灣的，即便，我愛上了一位台灣男同胞；即便，兩岸關係即將迎來曙光，可是在那曙光來臨之前，我，這樣的身分，對於這片島嶼是有威脅的。二〇〇五年，上海公司為我們一批員工申請來台工作簽證，所有單身女生都被拒了。

二〇〇七年，最好的手機除了打電話，最多只能拍照，傳彩訊，無法視訊，我偶爾在大謀跟妳講電話時，說上兩句，更像是位未曾謀面的朋友，而不是「未來的婆婆」。

大謀高大、俊朗、英挺，提到妳時，總是「媽咪」、「媽咪」的，很是親暱、溫柔、動聽。不知是我的性格剛烈，還是家庭文化太過含蓄，我從小都對姐姐哥哥直呼其名，對父母也是叫得硬邦邦「爸」、「媽」，有時還索性省去，不是不尊敬，而是太內斂含蓄，以至於連這世間最親、最真的情感都深埋起來。直到遇到了謀、遇見了妳，我那宛如休眠千年的情感火山才甦醒了。

有時在大謀旁邊，聽你們母子對話，像是朋友聊天，妳細數瑣碎的日常，大謀就耐心地聽著，有時也會給妳理性的建議。兩人的語調都溫柔、平緩，連我這個聽眾都很是享受。於是，我也自然地稱妳「媽咪」，這個稱謂成了符號，象徵眷戀、依偎、陪伴、守護。

大謀說媽咪很辛苦，希望能帶媽咪出來度個假，也讓暫時無法去台灣的我跟妳見個面。他一個人靜靜張羅著，就像每一次旅行，我從不用操心訂機票、訂房間、規劃行程、研究目的地的事情，大謀都會一手包辦。

二〇〇七年聖誕節，我們三人到新加坡度假。

我和大謀從上海飛，妳從台北飛。樟宜機場的接機大廳可以看到行李轉盤，大謀說：「媽咪穿紅色的衣服。」

也許是紅色上衣夠醒目，我在人群中一眼就看到妳，我們真的是第一次見面嗎？

第一次見面，妳的見面禮是擁抱，被擁入懷中的感覺真好。

大謀是第一個給我最多擁抱的人，擁抱是我們之間的密語，有時代表我愛你，有時代表對不起，有時代表我想你，有時代表謝謝你，有時候，擁抱就是擁抱，兩個身體緊密地靠近，感受彼此的體溫與心跳。

然而，大謀的擁抱也是不同的。在我愛上他的時候，不知道他已經生病了，在他告訴我自己生病的時候，疾病只是我愛上的一個人的贈品。我依舊讓他知道他是美好的、值得被愛的。也許，擁抱是大謀成長過程中感受愛的方式，當他遇到摯愛時，擁抱也是他表達愛的方式，只是他的左手已經無法抬起。

我和大謀有著被朋友稱為「最萌身高差」，每次擁抱，他先用右手把我擁入，然後輕輕扭動身體把左手甩出，用右手拉著，給我一個環；再後來，他的右手沒有足夠的力氣拉起左手，我就用自己的右手把他的左手拉起遞給他的右手，讓他形成一個環把我包圍，然後我張開手，緊緊地抱住他的腰，臉貼在他的胸口。我也喜歡謀從背後擁抱我，當我在書房工作時，他有時候會出現在身後，俯身將頭搭在我的肩頭，他靜靜地感受我的心跳，我靜靜地聆聽他的呼吸。

當謀的行動不便，手愈來愈抬不起來，是妳代替他給了我許多擁抱……。

比基尼

我問謀：「跟媽咪去新加坡度假，印象最深的是什麼？」

謀說：「很多啊！」

我：「說一個最先出現在腦海的畫面。」

謀：「一起看燈。」

我：「聖誕夜，吃完我和媽咪最愛的胡椒螃蟹，在克拉碼頭散步。」

謀：「是，有很多燈，很漂亮。」

我：「我和媽咪還邊走邊吃哈根達斯。」

謀：「妳跟媽咪一起去泡SPA。」

我：「你是說我們倆第一次見面，就坦誠相見，還聊你和初戀女友的八卦，哈哈。」

謀：「還有，媽咪送妳比基尼。」

我：「哈哈，你男性朋友中大概沒有幾個人的媽第一次跟兒子女朋友見面送比基尼吧？」

二〇〇九國境線上面談

第一次入台是二〇〇九年四月二十七日，先從上海浦東飛香港，領取入台許可證，再搭機前往台北。為了趕上當晚在桃園機場的國境線上面談，在香港機場要儘可能快速入境、領證、再辦理下段航班的登機手續。那天，我幾乎都是用跑的。

謀很想陪我，但他的體力無法負荷這樣周折地安排，而且坐輪椅的他全程需要人照顧。他當天坐早班機從上海直飛台北，先回家休息，晚上再去桃園機場。

我記得談了快兩個小時，面談不像工作面試那麼耗費腦力，但看得出來，面談人員有點像審問共產黨情報人員的勁兒。他們自始至終表現得耐心、有禮貌，不知是不是對我用的是苦肉計和疲勞戰術，他們透露兩岸婚姻中有很高的比例是假結婚，而他們又是守護台灣的第一道防線，我不禁動了惻隱之心，真想出賣在大廳等待時遇到的一對男女，女生說她是到台灣工作的，第一次面談被拒，當晚是第二次面談，她說第一次面談被問到睡覺時，誰睡左，誰睡右的問題。面談人員沒有問我誰睡左睡右的問題，倒是關心了一下謀去我家時送給父母的禮物。沒有菸，也沒有酒，更沒有黃金和聘禮，我和謀在上海登記結婚後，妳帶兩箱台灣的伴手禮先飛到上海，再由我陪著飛到西安，跟父母吃了個午餐就匆匆返回上海。

面談人員坦誠，我的情況從書面資料看怎麼看都可疑，一個年輕女孩子，嫁給大自己十歲身患漸凍症，需要人照顧的人，再優秀、再有愛，這樣的婚姻都有悖於常理啊……可是談了這麼久，他們最終只能祝福我。

謀的面談在接機大廳進行，他們只問了一個問題：你送屈穎什麼結婚禮物？謀說：戒指。

一九四九大撤退

二〇二〇年，我創作了繪本故事《落地生根》，主角比妳大四歲，於一九四九年大逃難時來到台灣。適逢新冠疫情在全球爆發，人們的生活形態發生很大改變，老人儘量不出門，儘量不去人多的地方，也儘量不接觸陌生人，因此，我無法親自訪談主角本人，只能透過電話採訪其親屬。有限的資料，多虧過去，妳給我多次講到當年一家人來台以及後面辛苦求生的故事，成了我創作的養分。

時間過去七十多年，一九四八至一九四九年間來台的上百萬人中，健在的越來越少，關於那個時代的記憶，雖然也有不少著述，但各執一詞，不管是名人、政治家、文學家，都有各自的視角，在挑選素材，組織內容時，難免揀擇。俗話說「真相只有一個」，大時代下，老百姓的生活各有各的辛酸血淚倒是真的。我想記錄的只是妳我的故事。

六十年後的我，入台不易；六十年多前，不到十歲的妳，大概還不清楚天底下到底發生了什麼，舉家從天津遷到北京，在北京讀了兩年小學，又搬到上海，沒過多久，又要搭船去台灣。兵荒馬亂的年代，父親總有辦法給一家人過最好的生活。在台北安頓下來，等待大部分的家當在春節抵達時，除夕前夜，從上海出發的太平輪在舟山沉沒。

Chapter 1

日　月
星　辰

Sun and Stars

北京 台北 西安

城北舊事：北京 四〇年代

劉學慧，一九三九年八月三十日（農曆七月十六日）出生在天津，小名叫蓮。

蓮對天津沒有太多印象，只知道家裡的房子在法租界。襁褓中的她更不知道，那年八月至十月間，天津發大水，資料記載百分之八十的地區被淹，十萬多間房屋被沖毀，八百多萬人受災，附近六十五萬居民成為災民。蓮，作為家裡的掌上明珠，來到這受苦的人間，是徹夜嚎啕，還是在母親的搖籃曲中，安心入睡、靜靜長大？

沒過多久，蓮全家搬到了北京，那時候，全家就是父親、母親、蓮和弟弟，妹妹還沒有出生。北京的家是位於什剎海油漆胡同的四合院，門前有兩個大石獅。進門後有個大院子，三邊都有房子。劉家在天津是大戶人家，天津離北京又近，時常有家鄉的人來，西邊的房子做客房，給親戚鄉黨住。父親半輩子經商，愛好文藝，對讀書人特別尊敬，一邊的房子免費借給一位老教授住。家裡有請廚子，不知說的是哪裡的方言，蓮從來都沒聽懂過。

蓮在北京的冬夏裡自有她的樂事。夏天放學後，在路邊的貨擔上，買一碗酸爽的豌豆粉，清涼又消暑。冬天最快樂的事是去結冰的什剎海看溜冰。那時候一年四季穿旗袍，薄的、厚的、夾的，長的、短的，各式各樣。北京冬天特別冷，到處光禿禿的，但只要一下雪，那真的叫做「銀裝素裹」。雪在夜裡靜悄悄地落下，早上屋子被照得明晃晃的，一掀開門簾，院子裡、樹上、屋頂上全都是積雪。只要看到下雪，蓮就特興奮，想往屋外跑。母親總是拉住她，非得包得嚴嚴實實、暖暖和和才給出門。

「厚厚的旗袍穿在身上像裹著厚被子，跟個球似的。」

上世紀四〇年代，全世界都在戰火中，而蓮的童年是一片美好與祥和。蓮喜歡林海音的《城南舊事》，其時空背景是早二十年的北京城南，跟她住過的城北，在生活樣貌上有很多重疊。也許，不管是舌尖的，還是心頭的，之於漫長的人生，雖然短暫卻足以深刻，不諳世事、無憂無慮的童年，尤其是在巨大時代下，剎那的恬靜更顯珍貴，讓一個人在走過一生的風雨顛簸，依舊可以回味和追憶。

七十年後，蓮躺在病床上，誰知那天距她離開這世界只剩下一個月，盛夏的午後，多日的密集檢查與治療後難得的片刻寧靜。不知道她那時的視力能看多遠，乳癌復發，癌細胞已經擴散到腦部，她伸出手像在空中想要抓住什麼。蓮的手小巧而又美麗，雖然已經快八十歲，依舊光滑，只是點滴打久了，針孔腫脹淤血成紫色。蓮的眼睛裡閃著光，問：「這是哪裡？」她說夢到小時候的家了，接著說：「北京，真的是天堂！」

老城舊巷：台北 七〇年代

陳大謀，一九七〇年一月二十七日（農曆十二月二十日）出生在台北東區，小名叫謀謀，出國念書後，又多了個名字Tom。他寫過一篇文章，回憶了小時候的家。

那時候（七〇年代）的台北東區很多地方都是農田。家裡是兩層樓的洋房，房子很大，是由兩間房子打通的，有一個院子，院子裡有用水泥砌成的圓形噴水池，噴水池大概有我當時的膝蓋那麼高，裡面種著睡蓮，養著幾條金魚。噴水池旁有一棵柳樹，還有扶桑，扶桑的後面是一棵大榕樹，有一次颱風，柳樹被吹倒了。院子的旁邊連接著車庫，爸爸開車回家的時候，會在門口按下喇叭，我很開心跑去開大門，印象中爸爸從來不把車子停到車庫，而是直接停在院子裡，我站在車門旁邊，笑著說：「爸爸回來啦！」興沖沖地接過爸爸手中的牛皮紙袋。

距離家門十多公尺有一條鐵路，通往四四南村兵工廠，平常沒有火車，只有在下午的時候會有一列火車經過，車上載著軍車之類的軍用品。有時候，還很神祕地蓋著帆布。火車開得很慢，大概比走路的速度快不了多少，可能是因為害怕撞到人的關係吧！我和姐姐喜歡走在鐵軌上，比賽誰的平衡感比較好，誰走得遠。

巷子裡總共有五戶人家，隔壁住著一家姓葛的山東人，葛叔叔總是笑瞇瞇的，他們家後來搬走了。巷子口住著一戶本省人家，慈祥的阿嬤帶著一個孫子，孫子大概比我小一點，我說國語，他說台語，我們一起打棒球。「打球」（phah-kiû）是我學會的第一句台語，我們一個人投球，一個人打擊，玩得很開心。

當時，沒有便利商店，生活很簡單，每天下午有一位榮民老伯伯騎著腳踏車賣饅頭，饅頭口味只有兩種，甜的和不甜的，我喜歡在冬天買一個熱騰騰的甜饅頭，一口一口慢慢地嚼著吃，看著饅頭冒著熱氣，覺得很幸福。晚上十點，偶爾會有人騎著摩托車在後門的巷子，放著廣播，賣粽子，從哥哥的房間聽得很清楚，姐姐告訴我：「那不是真的賣粽子，那麼晚不會有人吃粽子，他是情報員，專門蒐集情報。」我心裡想，怎麼可能有情報員沒事做，晚上跑出來賣粽子。

在我小學的時候，門口的鐵路拆了。在我初中的時候，原來的洋房也改建了，爸爸媽咪特別選了原來洋房位置的那棟樓，當我們全家搬進去的時候，大概最難過的是家裡的狗狗小花，牠沒有了可以吃草、奔跑和埋骨頭的地方……。

（陳大謀〈老城舊巷〉）

幼年的謀謀是個健康、可愛、活潑的小孩，愛好攝影的父親用鏡頭記錄了很多珍貴的畫面，有閉著眼揮棒的、有奔跑著追球的、有丟失了鞋子在鐵道上哭泣的。劉學慧就是謀謀口中的「媽咪」，她的書桌下壓著一張護貝的剪報，仔細一看，才發現照片上圓嘟嘟的小男孩是謀謀，大概兩歲，旁邊站著的小女孩是姐姐心怡。謀謀雙手捧著一束康乃馨，或許是第一次祝媽媽母親節快樂，胖嘟嘟的小臉上是純真無邪的微笑，父親按下手中的快門。

七〇年代的台灣，雖然還處在戒嚴時期，但十大建設的開展，「客廳即工廠」全民代工，人們的生活空前富裕，台灣因經濟發展迅速，與韓國、香港、新加坡並稱「亞洲四小龍」。

謀謀的父親陳宏老師，當時擔任凱旋熱水器公司的總經理，同時活躍於藝文界，除了改編國劇、在世界新聞專科學校（世新大學的前身）任教外，任《大華晚報》主筆，主編《攝影雜誌》。民國六十二至六十四年（一九七三至一九七五）間，陸續出版《攝影漫談》三冊，短時間內一刷再刷。《攝影漫談》（第一集）序開篇這樣寫到：「攝影是一種大眾化的藝術，容易學也容易被人接受，由於經濟繁榮，社會安定的結果，人手一機的場面，也時常可以看到。」

這句話若放到五十年後的今天，「人手一機」的確隨處可見，而且因為拿在手上，所以叫「手機」，不僅集你所能想像的一切功能於一身，還輕巧、易用。對於七〇年代的大陸人民來說，不管是文盲還是知識分子，《毛主席語錄》倒是人手一冊，大部頭的《毛澤東選集》（又稱紅寶書）則是當時流行的結婚聘禮或長輩、同好贈送的賀禮。

長治久安：西安 八〇年代

我叫屈穎，小名叫穎，長大後，周圍人叫我Kiki。一九七九年十月五日（農曆中秋節），出生在長安縣引鎮，位於西安城南的鄉下。

學齡前的我，不是在田間、曬穀場上瘋跑，就是下雨天在家裡翻箱倒櫃。我出生的房子不是一般的住宅，由木頭和土胚建造而成，是太爺爺在二十世紀初蓋來開客棧的。狹長的格局，非常多房間，前前後後四五道門，分隔出前、中、後院。房子挑高很高，中間用木板隔出二樓。聽爺爺說，開客棧的時候非常熱鬧，南來北往的客人，在大廳吃飯、喝茶，睡覺時再爬到樓上的大通鋪。不開店多年，二樓就用來堆放雜物。

沿著木梯爬上去，走在木板拼成的樓板上，咯吱作響，提心吊膽，我很怕年久朽裂的木頭突然斷掉。但樓上一個個黑色的大木箱特別吸引人，我從裡面翻出各種新奇的玩意兒，水煙盤、玉珮、銅鎖、帽花，爺爺說這些東西因為有缺損失去了價值。來不及完成我的探險壯舉，爺爺就把木梯移走了，我爬不上二樓，也不知道那些箱子的去向，十歲時，爸爸把我轉學到了西安城裡。

西安在西漢時稱西京，在民國時被設為陪都西京，但是我更喜歡長安二字，「長治久安」。從我有記憶開始，夏夜裡，躺在紗帳中，爺爺慢慢搖著扇子，講狼來了的故事。他的版本不是撒謊小孩喊狼來了，而是，我很小很小的時候與鄰居小孩一起瘋玩，天黑了，狼來了。只有我腿腳麻利，跑得最快，跑得慢的小孩都被狼吃了。長大一點，才知道爺爺口中的狼是指當年的計畫生育政策。

爺爺出生在一九二三年，經歷戰亂，被土匪抓過，半路跑了回來，到了新中國，經歷土改、人民公社、文革，不管世界什麼風雨，天空什麼顏色，他高大挺拔的身影永遠都在勞作，爺爺話不多，唯一的休閒就是，晚上趴在牆上看報紙。我們的臥室牆上、仰棚上，都糊滿了報紙。原來那是七〇年代農村的時尚，我一出生就浪漫地被文字包圍。爺爺認字不多，解放初掃盲時習得幾個字，但很好學，到我上學，還跟著我學習認字。爺爺喜歡在我寫作業時坐在旁邊，聽我講書本上的知識。

爺爺用狼來了的故事遮蓋了可怕的計畫生育政策，在我十歲前，用甜蜜軟糯的甑糕，慶祝每一個我逃脫狼口的日子。我至今仍愛著這滋味，只要味蕾遇到糯米與紅棗的香氣，當年穿戴整齊，耐心等待爺爺餵完豬，帶我去吃甑糕的快樂就浮上心頭。

這世界上的災難大概簡單劃分，可分為天災、人禍，以及天災加人禍。很多年，我都以為自己出生的地方以前真有那麼多狼，後來才知道，那吃掉無數小孩的東西比狼更巨大、更殘忍、更猙獰。那些或懦弱、或強悍的鄰居阿姨在懷胎十月後，眼睜睜看著孩子被溺斃，又是如何屈辱地活著和療傷？每當看到我在街上跳皮筋或者玩沙包，她們有時會駐足，嘆息：「如果我娃活著，也像穎這麼大了。」

回不去的地方

故鄉是什麼？故鄉就是一個人的根，哪怕一生漂泊得再遠，總有個根連著，是血脈、是依託。也許，我們追尋一輩子都找不到「我要去哪裡？」的答案，但至少知道「我從哪裡來？」

海上浮萍

離開北京，蓮的童年就結束了。

一九四七年二月，台灣發生二二八事變。七月，國共內戰形勢發生反轉，北方局勢緊張。蓮的父親劉銘閣賣掉北京的房子，決定把家遷到比較安穩的上海。這是她父親人生中第二次搬遷，比起從天津到北京，路途遙遠，兩個孩子雖然大一些，家當也多了些。這次離開北方，蓮的父親萬萬沒有想到再也回不去了。當年全家離開天津，房子並沒有處理，託三叔照看，想的是有一天回去，還有個家。

比起寬敞的四合院，上海石庫門的房子小太多了。面對生活環境和物質條件上的落差，懂事的蓮聽到母親說「我們在逃難」，就不敢再多問。到底在逃什麼？要逃到哪裡去？沒有人會跟一個八歲的孩子解釋。

蓮只記得上海的房子小，卻不知道他們住的地方是上海最繁華的街道，商行名店林立，不少文化名人居住於此。她可能更不知道，這條路有複雜的前世今生，一九〇〇年興建時叫西江路，一九〇六年改名寶昌路，一九一五年更名霞飛路，後又叫過泰山路、林森路，一九五〇年為紀念淮海戰役，改為淮海路。當時蓮要是知道這些，會不會好奇地問：「街道不就是住人的嗎？為什麼要一直改名字？」

有一個詞不是叫「見微知著」嗎？一條街道可以是一個城市的縮影，一個城市又可以是一個國家的縮影。讀書的時候，不喜歡讀一八四〇年以後的中國史，字裡行間滿是列強、瓜分、殖民、侵略、割讓的字眼，中華民族五千年的文明與自信，在這百年被活生生地撕裂，甚至連根拔起。第一次鴉片戰爭失敗後，清政府與英國被迫簽下喪權辱國的《南京條約》，而上海正是這個條約中第一批開放通商的口岸之一。

上海相較於北方的城市，少了歷史的拖累，在時代的變遷中，以開放、包容、自由、時尚的姿態屹立東方，一方水土養一方人，這裡的水土也造就了上海人獨特的氣質與風貌。當字正腔圓的北方話，遇上軟糯婉轉的吳儂細語，不是也被鄙視嗎？逃難到上海的蓮，插班念三年級，課本上的內容難不倒她，倒是國文老師竟要求用上海話背課文。人如其名，學慧，「一學就會」，在最短的時間說一口流利的上海話。學習方言的能力是不是那時候打下了基礎，後來到了台灣，蓮的台語也是一家人裡講得最好的。

方言可學，旗袍可以換洋裝，但觀念是從小養成的，對於在北方長大的蓮來說，房子要寬大、方正、明亮，就跟父母身教做人的道理一樣。搬到上海，即便住在東方巴黎的香榭麗舍，也是侷促而擁擠的。蓮對上海生活印象最深的部分竟然是倒馬桶。石庫門的房子沒有廁所，每天早上糞車一到，就有人到弄堂裡吆喝，接著家家戶戶出來倒馬桶，一手拎著木製馬桶，一手提著馬桶刷子，整條弄堂喧騰著倒馬桶和洗馬桶的聲音，空氣中的氣味就更不用說了，不過，住久了或許就習慣了。

但是，上海，注定只是蓮人生中的驛站，逃難路上的中轉。一九四八年初因國軍在軍事上失利，財政金融形勢隨之惡化，物價飆漲，通貨膨脹嚴重，上海的生活也動蕩起來。那年四月，家裡迎來第三個孩子。父母給蓮的妹妹取單名「萍」字，除了希望妹妹的性情柔和美好，也希望天下早日太平，可是當時的心境卻又感亂世之中，人如草芥，身如浮萍。

父親常年忙碌，蓮對父親記憶並不算太多，但知道深諳經商之道的父親飽讀詩書，不難發現，父親給孩子取的名字便窺見其才情詩意。弟弟小蓮四歲，一九四三年農曆七月十三日，立秋五天後出生，取名叫「新秋」。當然，不知是巧合，還是過度猜度，杜甫有一首七言律詩〈新秋〉，其中最有名的兩句「欹枕初驚一葉風」與「夜深搔首嘆飛蓬」，在一驚一嘆中，流露出時光易逝，功名難就的苦悶。弟弟出生那年，父親三十九歲，他是不是在天津鬱鬱不得志才想離開到北京闖一闖？

對時局敏銳的父親在上海一邊繼續經營菸酒與紡紗業務，一邊密切留意各方消息。七月，太平輪號啟航後，父親即前往台灣實地考察一番，年底返回上海後，立即著手舉家搬遷至台灣。

抵達台灣

蓮一家人搭乘的也是太平輪。母親剛生完妹妹不久，身體還未恢復，父親買通船長，晚上蓮和弟弟便跟母親一起擠在船長室。

蓮對航程中的一段海域有特殊的記憶，好像就是後來太平輪發生事故的地方。不知當真在駛過這海域有危險的經歷，還是後來的太平輪事件為那次乘船記憶抹上了濃重的色彩。

蓮稱那段為「黑海」，黑不僅是顏色，更多的是未知與恐懼吧。行經那裡的時候是夜裡，外面黑漆漆一片，風浪很大，船身搖晃得厲害。北方的孩子，頭一次坐船，又遇上這麼大的風浪，暈船在所難免，大概沒少嘔吐吧。蓮長成少女後，一六六公分的高挑身材，各項運動都難不倒她，跑、跳、球類，樣樣拔尖，可是，唯獨游泳是罩門，不管怎麼下定決心，始終無法克服對水的恐懼，是不是當年駛過「黑海」心底留下了陰影呢？

在基隆上岸後，一家人住在台北一棟日式的大房子，雖然能帶的家當有限，屋子暫時還空空的，但蓮的父親心裡早籌劃好，等義弟帶著大部分家當和大批昂貴藥材一到，生意馬上就可以開張，一家人的生活又可以有聲有色了。可是，世事難料，亂世中的事更是難料。誰能想到，父親的計畫，與一家人的過去與美好未來，都隨著一九四九年一月二十七日太平輪遇難，永遠沉入海底。

父親在最短的時間把之前運來的藥材變現，加上積蓄在林口購置了一塊地，蓋起了織布廠。全家搬出台北的房子，搬到工廠二樓，不時還會聽到機器運轉的聲音。

父親非常重視蓮的教育，不管逃難到哪裡，不管發生什麼事情，從沒有讓蓮的讀書中斷過。蓮一路上也沒有讓父親失望，品學兼優，成績始終名列前茅，即便後來成家，孩子一個個出生，她也從未間斷求學深造。閱讀就更不用說了，是她終身的愛好，不管生活再忙碌，每日臨睡前，都一定要閱讀。直到後來，她的眼睛看不清楚書上的字，才含著淚暫時割捨閱讀。

當時台灣從日本人跟前收復不久，擔任小學教師的大概只是讀過書、認得國字、會說國語，但缺乏正規訓練，上課時，大多只會照著課本念，教育水準比上海和北京差太多，但父親還是讓蓮讀林口國小，儘快融入當地的生活。那時候大部分家庭比較清寒，孩子們大都光著腳上學，入鄉隨俗，蓮到了學校，先把腳上的鞋子脫掉放進書包，再進教室。

一夜間長大

比起同時代的人，蓮與家人幸運太多了。多虧了父親，不管逃難多麼艱辛，一家人始終都在一起。父親努力打拚就是想給妻子和三個孩子穩定、優渥的生活。可是誰能料到大半輩子的辛勞會在一瞬間消失？

在那個巨大的時代，一切都是巨大的，只有人是渺小的。太平輪沉了，無疑帶給父親的是巨大而又沉重的打擊。人離鄉賤，短時間內，想東山再起，談何容易。再加上光復初期，台灣時局也是劍拔弩張，雖有老師、同鄉好友照應，創業之路步履維艱。搬到台灣不到兩年，父親因積勞成疾，得了肝病。織布廠不得不賣掉，一家人又從林口搬到台北，方便父親就醫，也好安心養病。

父親骨子裡是個浪漫的文人，以為養病期間可以重拾閱讀與音樂的愛好，誰知在桂花飄香的中秋夜，撒手人寰。蓮的母親雖出身大戶人家，但在封建傳統家庭，只受了小學的教育，嫁給父親後，又被父親寵著，裡裡外外都不用太操心。父親的突然去世，母親被嚇到了，她從屋子裡搬出一張桌子，對蓮說要在院子裡守夜。那個年代沒有電話，母親問蓮知不知道某某阿姨家，蓮說知道，母親就讓她趕緊跑步去通知父親去世的消息。

雖說是長女，蓮一個月前才剛過十一歲生日，父親走的時候又是晚上，那個年代也沒有路燈，外面黑漆漆一片。六十多年後，說起這段記憶，問蓮怕不怕，她說：「很怕。」

十一歲的蓮一夜間長大，成了長輩口中的「劉銘閣的長女劉學慧」，在悲傷與恐懼面前，沒有退縮的權利，唯有選擇勇敢。母親是一位傳統婦女，剛讀五年級的學慧，一下子成了家裡讀書最多的人，保護和照顧母親、弟弟、妹妹的責任，非她莫屬。對於家庭的這份責任，後來貫穿她整個人生。也許正是這份對於家庭的承擔，讓學慧早早養成一副能扛大事的肩膀，有她在的地方，就有溫暖的情誼；有她在的地方，就有向心凝聚力；有她在的地方，就沒有孤立與隔閡，更沒有悲傷與哭泣。

「生離」與「死別」

大謀很喜歡眷村菜，家附近有一個眷村餐廳，除了菜都是眷村菜以外，裡面的裝潢、布置以及播放的音樂都是五、六〇年代的風格。這家餐廳最有名的菜色是獅子頭、雙醬麵、水餃、炒餅和各種滷味。

你可能跟我一樣好奇，大謀沒有住過眷村，為什麼對眷村文化和食物有一種特殊的情感？他說：「因為眷村的人，尤其是第一代，都是很有故事的人。」

當年國共內戰，國民黨軍隊敗退，蔣介石帶著六十萬大軍，加上公務員以及家屬，約有二百萬人退守台灣。這在中國歷史上是一次非常大的人口遷徙。很多人在當時只有十幾二十歲，他們以為兩三年就可以回去，可是，過了幾年之後發現回不去了，就在這個島嶼落地生根，把自己奉獻給這裡。而卻未必得到他人的認同。這些在當時十幾二十歲的年輕人想家、想父母，卻不能也無法和家鄉聯絡，在台灣一待就是四十年，直到開放探親以後，才有機會回家鄉。幸運的人，父母還健在，還有機會盡盡孝道，更多的人只能對著父母的墳頭哭泣。而家鄉的親戚是熟悉而又陌生的，很多的晚輩從來也沒見過。

對於老家的親戚來說，他們對這個遠從外地來的親戚的情緒是複雜的，可能有些人覺得親切、有些人覺得陌生或無感，也有些人甚至帶著一點埋怨的情緒，埋怨就是這個人害了他們，因為這份有名無實的海外關係，在文革期間，家裡受到殘酷的迫害。

我想到父親，父親在十幾歲的時候離開了家鄉，隻身來到台灣，舉目無親的情況下，自學、奮鬥、創業、成家，我知道在父親的內心深處一直想著爺爺、奶奶和小時候的玩伴，但是父親從不輕易跟我們小孩子談起這些，只有在有一年除夕時，父親突然提起遠在河北的爺爺、奶奶。當時，對於我們小孩子來說，並不理解，也沒有特別在意這種情感。這些年過去了，我自己到了父親當時的年紀，突然理解了父親當時的情緒。

父親在開放探親之後，回去老家，爺爺、奶奶都不在了，我未曾見面的伯伯們也不在了，五叔不在老家居住，老家只有一個姑姑和一群堂兄弟們，姑姑的輪廓彷彿依舊，但臉上多了很多歲月的刻畫。老家還是在原來的地方，只是很破舊，裡面住的人也不一樣了。我可以想像到父親當時趴在爺爺、奶奶的墳頭前，從眼眶含著淚，到嚎啕大哭的情景。

有的時候，生離比死別更讓人難受。死別，你知道你們已經天人永別了；而生離，你還抱著一絲絲希望，直到最後，可能你才知道永遠不能相見。

（陳大謀〈「生離」與「死別」〉）

又聞桂花香

桂樹是一種灌木，很少單獨栽種，多半隱身在院落的樹叢中，橢圓的葉子並不特殊，開花後，花簇生於葉腋，也不特別顯眼。唯獨其香味，悠長而深遠，可以穿過院牆，穿越時間，在某個不經意間的轉角或瞬間，沁入鼻腔，喚起甜蜜或憂愁的回憶。

長安的秋

一九八八年中秋節，我像以前每次過生日一樣，早早爬起床，迫不及待地去後院找正在忙碌的爺爺，用我獨有的方式喚「爺——」。爺爺滿臉笑容：「嬬嬬兒，今兒過生日，走，吃甑糕去！」（註：嬬，讀作「ㄋㄡˋ」，方言，可愛、讓人喜歡的小孩。）吃甑糕是爺爺為我慶祝生日的專屬方式。他放下手中的活兒，回屋洗臉洗手，換上整潔的衣服，牽著我的小手出門。

賣甑糕的小販笑臉相迎，蓋在大鐵鍋上的厚棉被一掀開，立即傳出我喜愛的紅棗香。鍋子已經賣空大半，呈現漂亮的縱截面，一層棗子，一層芸豆，一層糯米，又一層棗子，一層芸豆，一層糯米，層層疊疊，糯米被棗汁浸成了琥珀色。小販拿起一個底小口闊的小白碗，用鏟子由上向下鏟下一片，動作輕巧嫻熟，力道恰到好處，每一片都棗米相間，色澤誘人。爺爺笑著補上一句：「我娃愛吃棗。」小販用鏟子在棗泥多的地方輕輕刮兩下，抹在碗沿上。我接過碗，迫不及待地用筷子夾起一口，綿軟黏甜的滋味，樸素又醇厚，每一口咀嚼，都宛如品味著這片土地的熱情，萬物靜靜生長，靜靜成熟，在時間的長河裡，不知疲倦地滋養著一代又一代炎黃子孫。這些是如今回想起來的滋味，那時候，只覺得這是全宇宙最甜蜜而幸福的味道。

中秋過後是秋忙假期，農村一年中有兩個時節最忙碌，分別是夏天割麥和秋天收包穀（玉米）。因為趕時間搶收，割了麥子，立即犁地種包穀、種豆子，爺爺常說「早一天播種，早十天收成」。收了包穀又趕緊翻地，撒麥種，在霜降前播種完。這兩個時候，都是全家總動員，能上地的上地，不能上地的就當後勤，送飯送水。農村的學校除了寒暑假，還會多放兩個忙假，不僅老師回家忙農活，孩子們也能給家裡搭個手。

秋忙主要是在地裡收包穀、豆子，再挖包穀桿、拔豆兒蔓（莖葉）。包穀和豆子是給人吃的，收下來的桿和梗，嫩的部分打成飼料餵家畜，老的部分曬乾當柴火。包穀收完了，地裡會剩下一些漏挖的包穀根，翻地的時候，用钁頭拋出來，連根帶土敲碎，留給土地做養分。

大陸在很長一段時間農村人口比例高達七成半，大部分農活靠人力，即便如此一年到頭依舊吃不飽，路遙在《平凡的世界》寫到六〇到七〇年代的農村生活，滿紙都是「饑餓」，「他（孫少平）把一大碗豬肉粉條刨了個淨光，而且還吞嚥了五個饅頭。他本來還可以吃兩個饅頭，但克制住了——這已經吃得不像話了！他放下碗筷，感到肚子隱隱地有些不舒服。他吃得太多太快了；他那消化高粱麵饃的胃口，經不住這種意外的寵愛。」

爸爸說自己剛讀初中的時候，有一段時間得了夜盲症，大夫說是營養不良引起的。經歷過饑荒的人，對於食物充滿感激與珍惜。我這輩子沒有遇到比爺爺更愛惜食物的人了，每次吃完稀飯，碗底會有一層黏黏糊糊的吃不到，爺爺用一塊饃把碗擦一遍，把饃吃掉，再用舌頭把碗舔一遍，是真的舔一遍，臉上還洋溢著幸福。我每次都瞪大眼睛看著，對於挑食的我來說，不明白爺爺怎麼有那麼好的胃口。

我是幸運的，出生不久，農村開始實行「家庭聯產承包責任制」，就是每戶根據農村戶籍人口數量，分到一塊耕地，耕地收成後，按照比例繳糧食稅，其餘都可以留作自家口糧。那時候，家裡和村口都有廣播，每天定時傳出聲音，有播國家大事的新聞，有生產隊的開會通知，還有播放歌曲、秦腔、文學名著的，農忙時，常聽到慷慨激昂的口號：「交夠國家的，留足集體的，剩下都是自己的。」記憶中，家裡的糧食很多，爺爺有一個神器，一根長長的竿子，尖頭上有個小匣子，伸進好幾米深的糧倉中輕輕一轉，就可以把下層的糧食帶上來，檢查下面的麥子有沒有回潮或發霉。媽媽說我小時候只喜歡吃紅豆稀飯，只要看到不是紅豆稀飯，就自己雙手捂住嘴巴說：「誰做誰吃。」

秋忙假第二天，在西安城裡工作的爸爸回到長安縣，立即跟爺爺一起下地幹活。因為假不好請，幾天後，爸爸就要回去上班。返城的當天，爸爸說要帶我一起進城，只要帶著課本和文具就好，姑姑會在收假後到學校為我辦理退學手續。

我知道這一天一定會來，因為爸爸已經把哥哥、姐姐、媽媽陸續接到城裡了，只剩我跟爺爺、奶奶住在鄉下，可是我沒想到這麼快，哥哥是五年級轉學的，姐姐是初二轉學的，我才剛上三年級。太突然了，來不及跟平日的玩伴說再見，又是放假，也沒辦法跟學校的老師和同學道別。

「吃了沒有文化的虧」

爸爸始終記得爺爺曾說這輩子吃了沒有文化的虧。勤勞善良的爺爺在生產隊擔任副隊長，所有苦活兒、重活兒都是他做，可到了提幹（註：提拔為幹部）的時候始終都輪不到他，因為他認字太少，看不懂帳本。

姑姑和爸爸從小讀書好，常聽爸爸說，姑姑讀高中時，生病休學一年，到了期末參加升級考試，考了年級第一。文革爆發後，老師被批鬥，課停了，後來學校也關門了。姑姑讀高二，爸爸讀初二，學習被迫中斷。在那個混亂的時代，每當紅衛兵造反派集會武鬥，爺爺不允許姑姑和爸爸出門，他們想看熱鬧，爺爺就陪著坐在房頂上看。不准出門的日子，爸爸跟著爺爺學習木工手藝，一心想考大學的姑姑繼續自學。

一九七〇年，爸爸參加鐵路局招工，成為一名修鐵路的普通工人，「因吃苦耐勞，踏實肯幹，後被抽調青年突擊隊，多次冒著危險，戰險情、搶塌方，受到工程隊的表彰」。一年半後，被推薦到汽車隊學習開車。

司機在當時是受人羡慕的職業。爸爸勤奮、能吃苦，個性低調內斂，除了確保安全行車，還總是超額完成任務；他又喜歡動手和鑽研，常常有一些小發明、小創造。一九七五年遼寧營口地震、一九七六年唐山地震，爸爸都被調去災區，「**為鐵路的暢通與重建，爭分奪秒，夜以繼日，而且，總是衝在最前面**」。除了受到表彰以外，他的先進事蹟還刊登在《本溪日報》、《火車頭》報上。一九七八年，爸爸被評為鐵道部勞動模範，並出席「全國鐵路學大慶會議」，受到李先念等國家領導的接見。次年，被選為坦贊鐵路專家組專任司機且擔任汽車班班長，外派駐非洲兩年半時間。這一路上，爸爸的工作表現都非常優異，受到領導重視，然而，由於沒有學歷，一次又一次與提拔和升遷的機會失之交臂。

一九七三年，文革期間舉辦了唯一一次高考，姑姑以為終於可以圓自己的大學夢，誰料卻發生「張鐵生交白卷事件」，四人幫為攻擊周恩來等國務院領導，將在考卷上投書的考生張鐵生塑造成反潮流英雄，對高校招生的文化考試進行抨擊，引發了一場全國性的政治大動蕩，影響了當年大學招生的路線。結果，考生成績平平甚至中下（但有關係）卻被大學錄取，而考分高的人卻沒有學校敢要。為了讀書，姑姑拒絕很多男孩子的追求與媒人的提親，而這次高考落選讓倔強的她受到很大的打擊，直到爸爸的第二個孩子出生，已經是大齡女青年的姑姑才被迫下嫁姑父，一輩子留在了農村。不過，是金子終究會發光，一九八四至一九八八年期間，鄉鎮企業迅速發展，能寫懂帳的姑姑受到重用，擔任引鎮機械廠副廠長，掌管著旗下好幾個事業單位。

一九七九至一九八一年間，爸爸跟隨中國鐵路專家組去非洲支援坦贊鐵路，爸爸從非洲回來後，在瀋陽工作過一段時間，一九八二年調回西安南郊鐵路局，單位距離長安縣大約二十公里。當時，家裡一共有七口人，除了爸爸是城市戶口外，其餘六個人分到六畝地，還有幾塊自留地，一年到頭，總有許多農活要忙。每逢節假日，爸爸都會回家跟爺爺一起下地幹活。隨著孩子一個個長大，時常往返於城市和農村的爸爸，發現短短二十公里之間竟然存在巨大的差距，除了物質生活水平之外，連教育機會和考試分數線（註：一所招生學校在同一層次、同一類的最終錄取成績）也有很大的差異。城市的孩子初中畢業後可以選擇繼續念高中考大學，或者報考技校或者中專。然而，農村孩子要想改變命運只有高考一座獨木橋，但農村考生的錄取分數線比城市高很多，農村孩子考上大學的幾乎是鳳毛麟角，因此，大部分人在九年義務教育結束後就不再讀書了。為此，爸爸還特別向陝西省人大代表反映過這個問題。但涉及到政策問題，遠不是一個小老百姓可以撼動的。

爸爸是個認命的人，但爺爺的人生教訓一直縈繞在心頭，要改變下一代的命運，一定要給孩子更好的教育和儘可能多的機會。孩子的戶口是跟著媽媽的，那麼把妻子的戶口從農村遷到城市就是當務之急。大陸從一九五八年開始實施戶口制度，把所有民眾分成「農業戶口」和「非農業戶口」，對農業戶口要落戶城市，設下了就業標準、住所、教育、居住、年齡、納稅條件等諸多嚴格限制。

對於從農村走出的爸爸來說，一沒學歷、二沒關係、三沒錢送禮，想要把妻子落戶西安城裡感覺比登天還難。還好爸爸為人忠厚、善良，一路上結下許多善緣。一年多時間，爸爸陸續把三個孩子轉學到城市，又在一年內把落戶問題解決。完成這件高難度的事情引來鄰居許多羨慕。媽媽有位朋友，曾炫耀她的男人說要把一家人遷到城市，可直到這位阿姨往生，她和孩子們的戶口仍在農村。爸爸說一輩子都會記得在遷戶口時幫過我們的人，只要人家能用上我們，一通電話，他都會赴湯蹈火。

一九八九年，小學三年級下學期，我在學校參加了英語課外班，「天安門事件」爆發前，給我們上課的西安外國語學院的大學生請假一個月，說要去北京。我還記得，就是那個夏天，放暑假前，我們全家從向爸爸單位借的活動板房搬出，搬進了大約六十多平方米三室一廳的房子。爸爸買了一套二手實木家具，一個大衣櫃、一個寫字台、一張大床、一張單人床，分散放在三個屋子，還有幾個小櫃子，是爸爸單位淘汰的。可能東西不多，可能是爸爸親自粉刷的屋子，也可能是爸爸和媽媽一起選的好看窗簾，新家感覺寬敞又明亮。

那時還實行夏令時間，記得在新聞聯播上聽到宣布進入夏令時間，我興奮地打開鄰居送的一個老式鐘錶，用手指把時針倒轉一小時。那段時間，每天都能聽到不遠處馬路上傳來的遊行喧鬧聲。經歷過文革的爸爸完全不讓我們靠近這些事，甚至連看熱鬧都不允許。我只能等待每天晚餐後，從七點的新聞聯播了解外面到底發生了什麼事情。這是一段各執一詞的記憶，也許時間還不夠久，還不能稱之為「歷史」。

回到一九八九

大謀很少追劇，幾年前，《1989 一念間》吸引了他，這部熱播的偶像劇題材新穎，講述了男主角在一次交通意外中，從二〇一六年穿越回到一九八九年，與少女時代的母親成為好朋友，並和母親的閨蜜談了一場轟轟烈烈的戀愛。他說劇中的人物造型及場景都重現了那個年代，勾起許多記憶。

一九八九年是我讀大學的時期，我在想，如果我也穿越回到那個年代，第一件想做的事是，要多找機會跟爸爸聊天。爸爸忙著做生意、寫作、採訪和教書，很少有機會跟我們聊天，我想多知道爸爸當年隻身來台、自己奮鬥、白手起家、闖出一片天地的故事。

媽媽當時在學校當教務主任，很多時間都在學校陪著學生。爸爸生病以後，從學校退休，專心陪爸爸寫作，原本很多退休後的旅遊計畫因此而擱置了。媽媽的身體因為長年勞累，後又被診斷出癌症，化療的後遺症讓媽媽精神大不如從前。如果可以回去，我想多陪陪媽媽，去媽媽想去的地方旅遊。

小花是我們很寵愛的小土狗，在我小學的時候，來到家裡。我出國念書的時候，小花走了，聽到這個消息很難過，放假回家，感覺好像少了一個人，冷清許多。如果可以回到一九八九，我會多帶小花出去逛逛，多抱抱牠，多買一點好吃的東西給她吃。

我要更認真地做重量訓練，這樣打球的時候，除了本來投籃比其他人準之外，還可以跑得更快、跳得更高！

我要把所有可以動用的資金買 Apple、IBM、鴻海和台積電的股票，那麼現在就衣食無憂了。

我還有個小小的惡趣味，我想去西安，偷偷地看看當時讀小學的屈穎，看看我未來的太太，那個時候是什麼樣子。只是我要小心，不要被當作怪叔叔趕走！

（陳大謀〈假如可以回到 1989〉）

在大謀的時空，對許多人來說，一九八九是個巨大的年代，前一年台灣才結束了長達三十八年的戒嚴時期，幾個月後，宣布兩岸開放探親。大謀的父親陳宏老師十五歲離鄉，當年已經五十六歲，當他再次踏上闊別已久的故土時，他的父親、母親早已不在人世。

陳宏老師先回到河北石家莊家鄉，再輾轉前往青海，他的弟弟在六〇年代知青下鄉時去了青海，便在西寧扎下根。在青海高原，陳宏老師第一次看到了風吹草低見牛羊的遼闊盛景，他按下手中的快門，後為這張圖取名「天高黃地遠」。幽默的陳宏老師也許只是用諧音下了一個標題，如今回看，卻驚訝地發現，在獨特的時空背景下，幾個字竟如此巧合地暗諷了一個剛結束的時代。不管此岸、彼岸，不管此時、彼時，權高位重者，更應該心繫蒼生，否則在無盡的時間與壯闊的自然面前，終究不過是一片浮塵。

假如真有時間機器，假如大謀可以穿越時空去看我，我想帶他去看看我生長的地方，那是與車水馬龍的台北完全不一樣的景象，那是熱帶島嶼沒有的景色，看看北方黃燦燦的秋天，或者白雪皚皚的冬季，又或者在晨霧中去鄉村的街頭，吃一碗香糯的甑糕。望著微涼的晨霧中，老人與女孩的歡快背影；秋日田間，遠處的秦嶺，近處在田間勞作的人們，還有一群縱情奔跑的孩子們；鄉村的街道上，炊煙裊裊，家家戶戶房簷下掛著金黃的玉米，火紅的水晶柿子樹冒出了院牆。

二〇一六年一月七日無意間看到崔健的視頻，這兩天一直在聽崔健的歌。

Kiki 問我：你現在喜歡崔健啊？

我跟她說：我從高中開始就喜歡聽崔健的歌。

那時，兩岸關係剛剛開始和緩，「大陸」對我來說是親切、熟悉而又陌生的地方，當我的同學還在為 Bon Jovi 或者 Wham 瘋狂的時候，我卻覺得崔健很酷，唱歌很爺們兒，很符合我喜

歡的 style。

崔健一九六一年出生在北京，被視為中國的搖滾教父，「搖滾」這個詞常常聽到，我對這個詞的了解是它不是刻意的反叛、抗爭，而是說出或唱出心裡最真的想法。崔健在大陸剛剛開放的年代，唱出了那一代年輕人對國家、社會的熱情，也唱出了對社會的不滿與無奈。台灣的唱片業者（要是我沒記錯的話，應該是滾石唱片）把崔健的前幾張專輯做成了一個合輯，在台灣發行，當時，我就買了卡帶，每天晚上念書的時候，就放著崔健的音樂（在念書的時候聽搖滾，怪不得高中念書很沒效率）。記得，有幾首歌我特別喜歡：〈花房姑娘〉、〈浪子歸〉、〈假行僧〉。我問 Kiki 有沒有聽過，她說她那時太小了。

（陳大謀〈花房姑娘〉）

情繫花蓮

小荷才露尖尖角

一九五〇年中秋，父親去世時，小學慧只有十二歲。不久後，一家人又要搬家了，這次是搬到苗栗，與父親同鄉好友為鄰居，以便有個照應，小學慧轉學到建功國小。本以為這次可以安頓下來，誰知隔年，母親卻被檢查出子宮肌瘤。

在母親接受手術和養病期間，洗衣、燒飯、哄妹妹睡覺、盯弟弟的功課，都落在小學慧身上。即便如此，她的成績依舊全校第一，連導師都以遇到這樣優秀的學生而感到光榮，逢人就誇。小學畢業，學慧作為全班唯一的學生參加北市聯招，一舉考上了最難考的台北市立第一女子高級中學，也就是傳說中的「北一女」初中部（一九六〇年代，北一女初中部停辦）。一九四九年，江學珠校長接掌這所日據時期創建的學校，江校長重視女學生的胸襟器識、涵養操守、毅力的培養，不僅修改校訓，還寫下「唯我女校，寶島名高，齊家治國，一肩雙挑」志氣凌霄的校歌，並用「巾幗不讓鬚眉」的理念教導學生，為北一女日後的聲望奠定了堅實的基礎。

多年後，回憶起讀北一女的時光，媽咪很謙虛，說自己表現平平，因為周圍同學都是來自各地的菁英。然而，在那個相機還十分珍貴的年代，老照片中卻屢屢發現她的身影，演講、打球、參加童軍。後來認識了當年與媽咪一起讀北一女和女師的同學王蓓琪阿姨、李萍阿姨，她們說：「學慧可是學校裡叱咤風雲的人物，口才好、人緣好、領導和協調能力那是沒人能比的。」其實，她不管在什麼團體裡都是靈魂人物，她就是那個凝聚大家的班長，即便畢業離開學校多年，仍與當年的同窗保持著友誼。後來，大家紛紛做了阿嬤，但只要學慧班長一吆喝，不管人在天南海北，都一定會趕到台北參加聚會。

最浪漫的期盼

這樣一位品學兼優又秀外慧中的亭亭少女，同鄉長輩當然看在眼裡。遇到有為的同鄉青年，想著肥水不落外人田的熱心長輩勢必極力撮合。溫文爾雅、大學慧七歲的河北老鄉陳宏，在長輩的安排下，認識了十五歲的學慧。他一眼就喜歡上這位氣質出眾的女孩，「等她長大」成了最浪漫的承諾與期盼。

當時，學慧讀初三，為了減輕家中的負擔，很早就與要好的同學約定畢業後一起考台北女師，繼續當同學。這群優秀又懂事的女孩子都是在大撤退期間來台，原本家裡在大陸非官即商，生活優渥，可逃難到了台灣大都處境清寒。讀女師不僅不用繳學費，吃住全免，每個月還可以領到學校配給的大米，貼補家中的口糧。於是，考取女師成了她們的畢業首選。

雖說是情竇初開的年紀，但學慧的心裡裝的只有學業和家中的母親與年紀尚幼的弟弟、妹妹。自從認識了同鄉陳宏，學慧每過一段時間就會收到從花蓮寄來的書信，這位像大哥一樣的青年，關心她的生活，詢問學校的活動，鼓勵她用功讀書、追求理想。自從父親離開後，一直都是學慧關心和照顧別人，被這位正氣、英俊、和藹的大哥關心，感覺真的很溫暖。

陳宏隻身來台，自學成才，愛好藝文，攝影、寫文章、改編京劇，再加上性情敦厚、為人忠誠，在藝文圈小有名氣。在學慧心裡，陳大哥博覽群書，學識廣博，尤其是寫一手好文章，對讀女師的她幫助很大。學慧性格熱情、外向，善於舉辦活動，一樣熱愛閱讀但不喜歡寫作文，而女師的教育偏偏非常注重學生的作文訓練。機靈的她發現只要給陳大哥一通電話，一篇模範作文就會限時專送到學校。雖然每次都有好好參考，但還是覺得陳大哥的版本略勝一籌，尤其還常常被老師當作範文在班裡大聲朗讀，學慧心裡喜滋滋的。

說起這段時光，媽咪的弟弟新秋舅舅一定要補充一段。在這唯一的弟弟眼裡，姐姐是「傑出之傑出的女生」。他說，在姐姐婚前，連追求者都是傑出青年，除了白手起家、博學多聞，之後成為姐夫的陳宏先生，還有經營珠寶店的富商、著名籃球隊隊員等等。然而，孝順的姐姐，還是遵從長輩之期望。這位弟弟一定不得而知，姐姐與未來姐夫之間的浪漫書信之戀，早已讓少女姐姐心有所屬。

心之所向

世間的事，充滿巧合。學慧的小名叫蓮，與蓮有關的詩句，最先會想到的一定是周敦頤《愛蓮說》中的「出淤泥而不染，濯清漣而不妖」，父親在取名時是不是寄託著對女兒卓然不俗的期盼？又或是父親虔誠信佛，蓮花在佛教中象徵意義深廣，除了不染世間煩惱、憂愁，還能妙香廣布，令見者歡喜、清淨。總之，這個女孩命中注定與「蓮」有緣。

那個第一眼就喜歡上她、戀著她，盼她長大的人在花蓮工作。一個癡情的人，與一幅壯麗的山水，讓這份等待都變得如史詩般宏大。少女學慧有沒有好奇過花蓮為什麼叫花蓮呢？這個原住民眾多的地區，在不同原住民語中有不同的名字。一直到了清朝嘉慶年間，有漢人來墾拓，因為特殊的地勢，外海港灣黑潮暖流由南北上碰到突出的海岸，出現水流回轉，得名「洄瀾」，而「洄瀾」（Huê-liân）用閩南語的發音寫成漢字就是「花蓮」二字。

不知是為了提前考察，還是早有心腹為班長精心策劃，離開女師前的畢業旅行就安排在花蓮。陳宏大哥親自到火車站迎接，送上一大簍水果，他的成熟穩重、彬彬有禮、落落大方，讓學慧確認此生將追隨這個人。

既然心有了方向，那就要想辦法靠近。學校原本分派學慧到高雄糖廠的小學任教，但她鼓起勇氣，主動申請到比較偏遠的花蓮教書。母親明白女兒的心思後，建議兩人早點結婚。於是，學慧七月剛從女師畢業，八月就成了新娘。

說到結婚，最開心的除了兩位新人，女師的閨蜜同學們，因為班長是全班第一個結婚，按之前的約定，全班送上一面「冠軍」錦旗，由班導師親自頒贈；另外，還有一個人，就是那個崇拜姐姐的弟弟新秋。憶起姐姐的婚禮，如今快八十歲的他，在電話另一頭特別興奮：「姐姐結婚那天，我差點捅了大婁子。當時，我們家住愛國東路，離總統府很近。我太興奮了，坐在禮車上沿路從重慶南路燃放鞭炮，連經過介壽路總統府前仍向車窗外擲鞭炮。以當時的年代，在蔣總統的門口放肆，不小心就會被抓去吃牢飯。」

五年丙班

花蓮明義國小的校長吳水雲正好是陳宏的摯友，他對於這位台北女師的高材生早有耳聞。在學慧一進學校，就分給她一班五年級的學生。這可是史無前例的，以往的師範畢業生到學校都是先從低年級教起，但吳校長從第一次看到學慧，就看出這女子的不俗與不凡，她的眉宇間除了親切、真誠、善良，還有一股不服輸的英氣，要是在古代，一定是位氣宇軒昂的女元帥。事實證明，吳校長沒有看錯，這位台北來的摩登老師，除了教學風格活潑外，對學生像自己的孩子。難怪，吳校長也想把自己的孩子給學慧教。日後，果然吳校長的公子中就有一個管學慧叫「媽咪」的。

鄉下孩子上學晚，學慧帶的五年丙班的學生只比她小幾歲，她對孩子們不像老師，更像姐姐吧，連隔壁班的同學都羨慕。那時候流行蓬蓬裙，學慧人高腰細，在孩子們的眼裡，簡直是天女下凡。有一次參加活動，遇到一位當年在花蓮讀明義國小的學生如今已經年過半百，她滿臉笑容地說：「劉老師沒有教過我，但我們都好喜歡老師。老師當年穿蓬蓬裙，像仙女一樣。」

不知是花蓮的空氣和風景太宜人，還是青春本身就該無憂無慮。學慧從小因戰亂輾轉遷徙，又承受父親早逝的沉重，然而她本性中的熱情沒有因此暗淡。在人生中最美麗的時間，到了最人傑地靈的地方，也釋放出來了，看少婦學慧在丈夫鏡頭下那一張張青春洋溢的美好笑臉，宛如昨天。

學慧對第一屆學生有著獨特的情感，有位自稱「老羅」的學生過了花甲之年，在部落格寫了一系列〈老羅同學會〉的短文，追憶了自認為一生最美好的求學時光，其中多處記錄了當年劉學慧老師與他們班的互動片段，從劉老師對他們像自己的孩子，到當老羅還是小羅時，猶豫要不要讀軍校，向劉老師請教，劉老師勉勵道：「好男兒志在四方。」他一生銘記在心。這一屆學生感情特別好，畢業後，還定期開同學會，導師劉老師從未缺席。

老羅同學會的靈魂人物就是劉學慧老師，只要借用老師之名就會廣召遠地的同學，就算遠在大陸或美國均會前來參加。老師就像一塊磁鐵，我們同學就像鐵砂，老師把我們小學六年丙班的同學們的心緊緊扣住。同學們之間互相關懷，一人有事，大家幫忙，可以說已到水乳交融，有著散不掉的情感。

我跟別人說我們小學同學會每年均有召開，而且已開了四十個年頭，別人都不相信，而且很訝異。其實，道理很簡單，我們有一位亦師亦友的導師，她有著一顆關懷與凝聚之心。記得以前，在老師家裡，學生擠滿一屋子，我們喜歡看老師有說有笑，她還請大夥留在家裡吃飯聊天。老師跟學生之間沒有距離，這種師生情誼，我看可以打破世界紀錄吧！

（老羅〈老羅同學會〉）

花蓮好美

得知媽咪在花蓮教書期間，常帶學生到田野、海邊進行戶外教學，很是羨慕，但也不免顧慮，假如這做法放到現在，大概會被學生家長投訴吧。我問道：「帶著二十幾個孩子，萬一有個閃失，怎麼辦？不會害怕嗎？」媽咪說，那時候年輕，沒想那麼多，也不知道害怕。花蓮真的好美，孩子們又是天真爛漫好動的年紀，因此，一有機會，就想帶學生出去，以戶外教學為名，踏青、郊遊為實。也正因為年輕的學慧無所畏懼，才給一群孩子留下了美好的童年記憶，讓他們在年過花甲之後，依然可以回味。

媽咪終身以教職為己任，花蓮即是她熱情與使命的起點；假如人生分為四季，那麼，花蓮應該是她一生中最絢爛的夏季，第一次擔任班導師，第一次領到薪水，第一次品嘗初為人母的喜悅。第二個孩子讀幼稚園時，因工作調動，一家人搬到台北，三十一歲時生下第三個孩子。對於這個在都市出生的孩子，她希望他有著海的胸襟、山的氣魄，因此，每年暑假去花蓮成了固定的親子節目。

學慧在台北學校的工作，已經從教學改為行政職，寒暑假依舊有許多工作忙碌，先生的事業與副業都非常繁忙，大兒子也長大了，假期都有自己的安排。於是，她就帶著女兒和小兒子，母子三人去花蓮海邊享受美好時光。

大謀說小時候媽咪帶他和姐姐去花蓮，都住在離海邊很近的亞士都飯店。飯店的房間一睜開眼就能看到日出。當地平線有一縷亮光時，媽咪就會喚醒他和姐姐，然後，三人一起迎接太平洋的第一道曙光。在房間裡看完日出，再一起去吃悠閒的早餐。晚上，海風吹起，三人就去海邊散步，遠遠聞到烤香腸的味道，媽咪會去攤子上買三根烤香腸，母子三人，一人一根，邊走邊吃，好開心。

這一系列浪漫的舉動，為那最小的男孩注入了男生少有的細膩與體貼。大謀喜歡海，我們談戀愛時曾一起去過三亞和新加坡的海邊，在清晨第一縷陽光出現時，大謀喚醒我到陽台上看日出；飯店的早餐，他會吃從小就吃了很多遍的半熟蛋、火腿，撒胡椒粉，配吐司和一杯新鮮的果汁；晚上，他會拉著我的手去海邊漫步。那曾是一個孩子感受愛的方式，於是，他也用同樣的方式向深愛的人表達他的深情。

學慧的女兒、大謀的姐姐心怡做了花蓮媳婦，與吳校長的小兒子結為連理。這對璧人，令人稱羨，郎才女貌，情深義重。大學畢業後結婚，一起前往美國讀研究所。一九九五年，兩人雙雙拿下美國名校德州大學奧斯汀分校博士學位，一位是電腦科學博士，一位是人力資源發展博士，無論是當時還是現在，這兩個專業的人才在就業市場上都是炙手可熱。就在畢業前一年，東華大學在花蓮正式成立，除了致力於為台灣培育高等人才之外，還肩負著發展東岸的重責大任，因此亟需各專業菁英的投身奉獻。這對年輕的夫妻受到召喚，決定回到家鄉。當時，他們的兩個孩子還小，一個三歲多，一個不到半歲，夫妻倆一回到花蓮，立即在東華大學任教。

心怡不僅繼承了母親的高挑身材、溫柔性格，她對待學生也像對自己的孩子般愛護，因此一樣受到學生的愛戴，更有學生跟陳老師成了一輩子的朋友。媽咪說老早就有計畫，退休後打算搬去花蓮過悠閒的生活，還跟姐姐合買下一塊地，準備蓋房子。可是，世事無常，媽咪五十多歲時，爸爸生病，兩年後，姐姐也病了，為了有更好的就醫與照顧，姐姐離開花蓮，回到台北。

每個星期五的晚上，從花蓮風塵僕僕歸來的父子三人，都會帶來花蓮的山與海的氣息，那是不是媽咪與姐姐熬過辛苦一週共同的期待？兩個男孩漸漸長大，也都到北部念書，畢業後留在台北工作，只剩下姐夫，依舊每個星期五的晚上，從那個水流交會的海岸出發，翻山越嶺，媽咪都會親自開車去松山火車站接女婿。

前幾年，媽咪和我約了王蓓琪阿姨、張澄子阿姨和她的兒媳婦，我們一行五人，去花蓮度假。媽咪的親家吳水雲伯伯為我們訂了一間海邊民宿，叫海明蔚。晚上，六年丙班在花蓮的學生來了八九位，都已年過七旬，但在老師面前依稀可見他們孩童時的模樣。聚會地點在一家靠近海邊的海鮮餐廳，滿桌都是我從沒見過的海鮮。我吃素，無法品味花蓮獨有的滋味，倒是聽著這群老學生追憶讀明義國小時的美好時光，覺得比山珍海味更美味。晚上回到民宿，斜靠在戶外的躺椅上，不遠處海水拍打著岸邊，近處草叢的蛐蛐聲、蛙聲一片一片，空氣透亮，天上的繁星，觸手可及。我也愛上了花蓮。

Chapter 2

聆聽寂靜

Sound of Silence

沒有墓碑的墳

「一絲穿絡掛荒墳，梨花風起悲寒雲，寒雲滿天風刮地，片片紙錢吹忽至……。」

小時候，每年清明節和農曆十月初一「寒衣節」前，爺爺會買幾捆黃色的土紙，用木槌和鐵製的錢模，在紙上打出排列整齊的麻錢形狀。麻錢就是銅錢，由於幣額小，古代都是用麻繩穿成串，所以稱為麻錢。在紙上打出的錢也是一串一串的。麻錢外圓內方，為了逼真，紙錢上圓形中間方形部分呈鏤空狀。我最喜歡給爺爺打下手的活兒，是把殘留在紙錢中間的方塊摳掉。土紙粗糙，除了打紙錢，沒有看到在其他地方使用，紙面還殘留著未被粉碎的麥梗，摳的時候要小心翼翼，一不留神會把整張紙撕破，那麼這張紙錢就毀了。

打完紙錢，爺爺拿出一張發黃的舊紙，上面有手寫的人名。從我會寫字開始，原本由姑姑、爸爸在紙錢上寫祖先名字的活兒就輪到我了。寫在紙錢上的名字不能塗改，不能寫錯，爺爺讓我先在紙上練習幾遍，待寫順了，再寫到一疊一疊紙錢的邊上。第一次寫的時候，我問爺爺這些人是誰，爺爺指著牆上的幾張黑白照片，說：「屈炳乾是你太爺、孫玉珍是你太奶。」

斷斷續續聽爺爺講過他的身世，但對於幼年的我來說，那彷彿是另一個時空，永遠無法觸及。爺爺去燒紙錢，有時候會帶上我，那些在麥田盡頭的墳，是一些土堆，有的旁邊有棵樹做記號，有的埋塊石頭，都沒有墓碑。漸漸的墳頭變多了，爺爺要來回走幾趟才能確認，我看著爺爺把紙錢一張張撕開、點燃，紅藍色火苗在風中舞動，那些名字代表的人與他們的故事彷彿在火焰中活了起來。

真一元客棧

引鎮，故名引駕回，是關中四大古鎮之一，位於秦嶺北麓大峪口北邊。湯峪、庫峪、大峪、小峪四個出山口在此交會，不僅是連接陝南與關中平原的樞紐，也是長安東部、藍田西部農村的商貿重地，自古有「千年古鎮萬人集」的美稱。

「真一元客棧」就在這南來北往的古鎮上。「真」，純正、不虛假，「一元」，事物的開始，這三個字正是清朝光緒年間三位滴血盟誓的熱血青年的理想。三位年輕人，一個姓孟，尊崇孟子，克己復禮；一個姓屈，景慕屈原，愛國愛民；一個篤信佛教，慈悲為懷。「真一元」三字暗含了「無緣大慈，同體大悲」的精神，眾生與我同一，他們的苦就是我的苦。

三位年輕人勤勞、善良、謙卑，客棧裡所有的事情都親力親為，白天招呼客人吃飯，晚上照顧客人住宿，他們親自下廚，淘米、洗菜、端盤洗碗，不假他人之手。生意蒸蒸日上，「真一元」的招牌，在方圓幾十里無人不知、無人不曉。三位年輕人的善行義舉也在鄉黨中口耳相傳。

蓋客棧時，他們不僅留出長長的房簷，又纍上一排平台，專供背背籠賣山貨的山裡人歇腳、喝口水，再繼續趕路。民國初期，客棧生意興隆，北方遭逢大旱，村裡祈福求雨的法事，莊稼欠收，救濟窮人的食物，「真一元」都慷慨資助。但凡鎮上村裡要為民辦事用錢，諸如修廟、修路、治水、防疫、辦學，三位結義弟兄更是責無旁貸。遇到災荒年間，「真一元」便關門停業，在門口支起大鍋，烹煮飯菜，一連放飯多日，救濟窮人。

三位年輕人自結義以來，朝夕相處，更勝手足。他們同甘共苦，不忘初心，由於經歷戰亂，時局動蕩，親眼目睹民間之疾苦，中年時便發心皈依，供養三寶，茹素終身。他們的故事在西安城南廣為流傳，曾幾何時，戲台上，鼓聲、鑼聲、梆子聲一落，大戲前的開場白中，常聽到用粗喉嚨的陝西話喊出：「古有劉關張，今有孟屈倪」，一陣叫好聲後，就是一段有關孟屈倪三兄弟的軼事。一九四九年五月二十日西安解放，不久後，隨著孟大哥的去世，「真一元客棧」也徹底關門歇業了，漸漸地從人們的記憶中消失。

引鎮地方誌裡也許找不到「真一元客棧」的片言隻字，更無人為這三位仁義之人樹碑立傳。時間如潮水般，沖刷著卑微生命的一切印跡。直到書寫這段快被遺忘的時光時，才知道那個為我創造幾乎整個童年記憶的房子就是「真一元客棧」，而三位結義兄弟就是太爺爺們。原來他們早已流淌在我的血脈裡，而不再是土胚牆上老照片裡正襟危坐、遙不可及的古人。那些我在紙上練習了很多遍，在紙錢上寫了一年又一年的名字，已經刻進了我的心底。

也許，生命就像河流，流過無痕，卻在無聲息中滋養了河道與岸邊的萬物，當這些河流化作雲、霧、雨、露，再次回歸大地，又與新的河流匯聚。生命就是這樣繁衍、生生不息，浩瀚如海，燦若星辰，無問西東。

勤厚之人

太爺爺屈炳乾在家中排行老四，由於孩子夭折，便把長兄的兒子屈真彥過繼為子，屈真彥就是我的爺爺。爺爺喚太爺爺「爸」，稱太奶奶孫玉珍為「娘」。慈愛的太奶奶深諳小兒雜症用藥，遠近村鄰的兒童若遇小疾都找她抓藥。爺爺過繼時九歲，手腳勤快、性格憨厚，立即成為太爺爺的得力助手，爺爺日後人格與德行的養成深受太爺爺、太奶奶的影響。

如果說太爺爺一生可用「義」與「善」二字概括，那麼爺爺的一生就是「勤」與「厚」。我喜歡看老照片，可是找來找去都找不到爺爺年輕時的身影，爸爸說：「爺爺徹年四季都在幹活，專挑別人不願做的活兒。照相這種體面事兒，一定看不到爺爺。」即便沒有照片，在我的腦海裡也不難想像出爺爺年輕時的模樣，高瘦的身形，常年日曬的古銅膚色，鼻梁高聳，五官俊朗，有一雙深邃明亮的小眼睛。

爺爺從小在「真一元客棧」幫忙，直到新中國成立，客棧歇業。五〇年代中後期開始，從初級社、高級社、人民公社到八〇年代包產到戶，爺爺在生產隊當副隊長。他研究耕種、安排農活，輕鬆的活兒給其他人，髒又累的都留給自己。雖然自家的經濟不寬裕，但遇到鰥寡鄉親借錢的，他從沒有拒絕過，而且教導子女：「只要借出去的錢，就不要想著收回來。」

爺爺的正氣與熱心遠近皆知，也讓爸爸、姑姑和日後過門的媽媽沒少為他擔心。北方的秋天，到了雨季，連陰雨一下就是好幾個禮拜，農村當時都是土胚房，最容易出事，東家牆歪了，要頂上；西家的房漏了，要補上，這些活危險，又都是鄰里間幫忙，其他人連躲都躲不及，爺爺卻在這時候有求必應。你看，他又披著雨衣，帶著工具，出門了。

有一次，天下大雨，鄰居的土房屋頂被雨水沖垮成了個大洞，爺爺趕過去幫忙。先用木板加固椽子，正在固定木板時，房頂的瓦片突然滑落，正好砸在他的後背上，鮮血直流。但爺爺還是把加固的工作做完，確保房子安全了才離開。年紀尚小的爸爸、姑姑看到他渾身泥水，後背還滲出血跡，兩人都哭了起來。爺爺卻笑著說：「沒事，沒事，有菩薩保佑，不會有事的。」

爺爺，如此善良之人，一生坎坷。年輕時喪妻，一個人做工撫養三個孩子，當被眼疾折磨，無錢治療，擔心擴散到另一隻眼，他強忍著痛，自己用手把生病的眼珠拔下來……。那是怎樣鑽心的痛啊！每每想起，我的心無比痛楚。爺爺辛苦的一生卻留給我的是甜蜜的回憶。在他身邊的每個生日，他都用甜蜜的甑糕，隆重地為我慶祝。不好甜口的我，至今獨愛這道甜膩的食物。

爺爺在二〇〇二年我大學畢業前的冬天往生，最後一次與爺爺說話是在宿舍樓道的公用電話上。那時候爺爺已經到了胃癌末期，加上很早就耳背，當我用很大聲喊「爺——爺——」時，他竟然在電話另一頭開心地說：「聽見咧！是穎！」

誰知這一「（聽）見」即成永別！爸爸怕在異地的我太傷心，沒有通知我爺爺病重及離開的消息。來不及送爺爺最後一程，以至於快二十年來，夢醒時分，忽覺，怎麼許久沒有回老家看望爺爺？再回神，才想起爺爺離開已久，愴然。

彩繪壽木

我的奶奶叫孟慶雲，與我沒有任何血緣關係。奶奶的父親與爺爺的四叔是結拜兄弟，經營「真一元客棧」，屈孟兩家住在同一個院子。孟太爺有兩個女兒，大女兒長大嫁人，小女兒就是我的奶奶，四歲許給佛門，帶髮在家修行。家中沒有兒子，熱心的鄉人得知鄰村有孤苦之人去世，無人下葬，獨留一年幼男童，孩子健康、機靈，無親眷寄靠，便通知善良的孟太爺，將孤苦之人下葬，收養孩子為義子。

善良的孟太爺對義子視如己出，奶奶對弟弟也是用心呵護。孟太爺臨走前，把所有家產傳給了義子，為其娶了一個大戶人家千金。這位弟媳，人長得端正，但心不善良，對於未出嫁的二姑處處刁難，不僅重活、髒活兒都給她，還不時在言語上虐待。奶奶忍氣吞聲，直到把弟弟的七八個孩子一一帶大。當她漸漸上了年紀，連親手帶大的幾個孫子女竟也開始欺負她。奶奶終於決定搬出早已不是家的地方。爺爺收留了這位比自己大七歲的姐姐。我們家幾個小孩陸續出生，這位半路的奶奶，吃齋念佛之餘，搭個手幫忙媽媽照顧我們。

五年級下學期，奶奶被查出肺癌末期。醫生說手術治癒機率很小，奶奶覺得這輩子也活夠了，希望順其自然，不做任何干預治療。媽媽感念奶奶在我們小的時候曾幫忙照顧，在最後的日子，她回到鄉下，親自服侍奶奶起居。

一放暑假，我也回到鄉下幫忙。奶奶的情況時好時壞，好的時候，可以吃點麵糊湯（麵粉糊裡面煮一些青菜、豆腐、花生等食材，好吞嚥和吸收），不好的時候，整夜的咳痰。爺爺用小罐頭盒做成痰盂，裡面鋪層土，放在奶奶床邊。她時常喚我幫忙，我輕輕扶奶奶坐起來，陪在旁邊，看著她辛苦的咳痰。後來，痰越來越難咳，好不容易咳出來，卻是一大口一大口的血。原本就瘦弱的她，最後只剩皮包骨頭，咳完血，臉色更是蒼白。再後來，放在閣樓的棺材移到了門廳。一九九一年夏天，有一段時間天天下雨，家裡來了一位彩繪棺木的畫匠。

從記事起，那口棺材就放在一抬頭就能看見的地方。當棺材移到門廳時，彷彿多了一件巨大的家具，等待上漆。爺爺是木匠，我小時候就喜歡坐在旁邊，看他做木工活，把一塊塊粗笨的木頭變成輕巧的椅子、板凳、櫃子等器具。自從畫匠出現後，我每天多了一件閒事：看他作畫。從調金粉到在棺木上繪出雲彩、鳳凰，動作不疾不徐，在等待顏料變乾時，他靜靜坐在一旁慢慢喝茶，從不跟人聊天。漸漸地，原本一件普通的木頭大匣子，變成了莊嚴又華麗的藝術品。奶奶不時向我打聽畫匠的進度，狀況好的時候，她會慢慢移動到廈房（起居室）門口，倚門欣賞這件藝術品。

神婆的預言

奶奶的好友是一位遠近有名的神婆，她最後的日子也是這位神婆奶奶在為她「治病」。我們小時候都給神婆奶奶看過病。她很靈的，只要給她看過，病就好了。

我相信神婆奶奶能夠與鬼神溝通。常聽她在「治病」時說一些人名，那些都是村裡的孤寡老人，生前安安靜靜，死後成了孤魂野鬼，鬧騰得女人孩子不安生，他們沒有惡意，只是到處遊蕩，不小心嚇到了人。

奶奶去世前一兩天，神婆奶奶又來了，說奶奶的時辰差不多了。她讓爺爺準備一盞煤油燈、一張白紙，隔著紙在奶奶身上抓了一陣子，很用力，我看到她頭上都冒了汗，虛弱的奶奶也被抓得痛。神婆奶奶把那張抓皺的紙在煤油燈上方來回熏了一會兒，燈芯產生的黑煙在褶皺的地方留下深淺不一的紋路。她把紙展開，背對著煤油燈的光，向媽媽和我，還有一旁的奶奶，解釋著關於奶奶生命盡頭的祕密。

神婆奶奶引導我們解讀紙上的紋路，她用手指畫著圈圈，說那是一朵一朵蓮花，接引奶奶的蓮花，已經鋪到窗外，還在慢慢移動，當蓮花到了床前，奶奶就可以跳上去走了。奶奶一輩子虔誠吃齋念佛，死後，不會踩著泥土路的，她不會再投胎做人，而是去太興山的觀音廟，做點燈侍者。奶奶靜靜地聽著，很平靜。我想像著屋外滿地的蓮花，等下出門的時候，要小心不能踩到了。

經過這次治病，奶奶的精神好了起來，她催促著爸爸把我們幾個孩子帶回城，因為快開學了。我們都不願意走，有一種奇怪的預感，覺得只要離開，就再也看不到奶奶了。但是她很堅持，爸爸一直拖到很晚，才帶我們離開。

那晚，我完全沒有睡意，翻來覆去，總覺得要發生什麼事。後來做了一個夢，夢到一個很深的院子，有很多道門，院子裡有霧，隱約看到盡頭有人影，仔細看，是奶奶對我揮手，示意不要跟。我被一陣急促的敲門聲驚醒，聽到爸爸開門，一陣說話聲，然後，腳步遠去。爸爸說：「妳奶走了！」

混亂的喪禮

媽媽說奶奶在夜裡問了兩次同樣的問題，一次是十一點多，她問：「貴貴跟娃呢？」（貴貴是爸爸的乳名）媽媽說：「姑，妳剛硬趕走了，這會兒差不多到家了。」大概兩點多，她又問：「貴貴跟娃呢？」媽媽覺得奶奶開始有些糊塗，便問：「姑，得是要人去把貴貴跟娃叫回來？」奶奶說：「不了。」接著說：「妳累了，去睡吧。」

媽媽躺下也沒睡著，只覺得夜很安靜，不太踏實，起身去看奶奶，發現已經沒有了呼吸。不遠處傳來一聲雞叫。

人們說奶奶雖然沒有孩子，但死了有三個孫子哭天搶地，為她叫魂，這輩子也算值了。那姓孟的沒有良心，在人還沒有下葬前，就大鬧好幾次。奶奶生前早預料到，門廳旁的半間房可能會是她走後的爭端。她跟媽媽說：「東西不值錢，他們要就給他們。千萬不要跟他們爭，免得傷了咱娃。」

舅舅家是個大家族，媽媽輩分又高，村子裡的侄輩門隨便就聚集了快百號人。孟家在奶奶出殯前挑起好幾次事端。我是家裡最小的小孩，大人們一看苗頭不對，立即就有人把我先轉移到安全處。我沒看到衝突的場面，但在深夜被送回家時，零碎聽到些內容。我們一家都被層層保護著，所有的對峙、挑釁，都只發生在外圈。

大我四歲的哥哥，初中剛畢業，稚嫩的臉上滿是仇恨與憤怒。哥哥是我們三個小孩中跟奶奶感情最深的，在奶奶剛去世到入殮，他的悲傷太深太深，始終哭不出來，沒有眼淚、沒有聲響，只有一團氣在身體裡淤積。大人們怕他昏厥或者嘔出問題，打他、擰他，他都沒有哭出來，直到入殮，蓋上棺材蓋的那刻，他嚎啕大哭，大家反倒鬆了一口氣。

到了出殯那天，一大早，爸爸請一位叔叔先送我進城。我只聽說，孟家又大鬧一次，連看熱鬧的鄉黨都看不下去了，指責這家人沒有良心，虧了孟慶雲一輩子給他們做牛做馬，臨死還不得安生。

我人生中的第一場喪禮就這樣鬧哄哄的收場。多年來，我一直不知道奶奶的墳在哪裡，直到二〇〇三年大學畢業，SARS剛過，趕在去上海工作前，回了一趟長安縣，給來不及道別的爺爺上墳。那是我第一次知道奶奶的墳所在。在耕地的盡頭，靠坡的地方，一個一個的土堆，依舊沒有墓碑，爸爸確認了一下，說：「這是妳奶，這是妳爺。」

姑姑幫忙準備的紙錢都是買來的，不是我小時候爺爺在土紙上打的那種，全彩印刷，像真鈔一樣逼真，而且面額都好大。紙幣燃起的火苗靜靜跳動，爸爸把爺爺、奶奶墳頭的雜草用手拔掉，把留下的幾大張紙幣找了塊磚頭壓在上面。紙燒燼了，成了一堆灰，一陣風吹來，捲起地上的紙灰，不知飄向何方。

1998．父親

大謀出生那年父親陳宏三十八歲。民間流傳一種說法，男人年紀越大，生的孩子越聰明，一個人因歲月累積的智慧會被新的生命繼承。這第三個孩子到底有沒有遺傳到父親的智慧，太小的時候還看不出來，但父親對於大謀的疼愛顯然超過哥哥和姐姐。在姐姐心怡的記憶中，昔日嚴厲的父親在弟弟出生後，變得慈愛許多。

牙牙學語的弟弟是全家的開心果，常常弟弟的一句話，就逗得爸媽很高興。有一天，哥哥和我為了誰多吃一根冰棒而爭吵，爸爸看到很生氣，叫哥哥和我去罰跪。哥哥和我面對牆壁跪在儲藏室旁邊，這時候，弟弟走過來問爸爸：「他們在做什麼？」爸爸笑了，氣也消了。哥哥和我就起來了。我覺得弟弟比當時任何一個童星都可愛。爸爸大概也這樣認為，所以才會

以弟弟為主角，拍了很多照片。

爸爸喜歡叫弟弟「民族幼苗」，只要爸爸看不到弟弟就會問：「我們的民族幼苗呢？」為了鼓勵剛剛學小提琴的「民族幼苗」，爸媽決定要弟弟在吃飯的時候拉小提琴。初學者拉小提琴怎麼會好聽？但是基於提升弟弟的學習意願，全家以琴聲配飯，而且弟弟演奏告一段落，全家還要鼓掌。

（陳心怡〈謀謀和我的童年記事〉）

最溫柔的故鄉

大謀與哥哥大誠的名字中都有一個「大」字，算是父親名字中「宏」字的傳承與延伸。不知是名字起得好，還是父母的基因好，又或是陳家有養育高個子小孩的祖傳祕方，哥哥一九〇公分，姐姐一七四公分，大謀一八八公分。按佛教裡的說法，身形高大的人前世為人謙恭。家裡的前世不可考，但父親為人處事謙卑低調，虛懷若谷，卻是盡人皆知。

父親陳宏一九三三年（民國二十二年）農曆正月初一出生於河北獲鹿（「獲」音同「懷」），祖父陳盡孝懸壺濟世，在當地是受人尊敬的郎中。祖母生在大戶人家，家教甚好，雖為祖父的續弦，但對於先房的孩子寬容、慈愛，反而對自己的孩子苛責、嚴厲，這也讓作為祖母大兒子的父親從一次次挨打中早早地明白親娘的良苦用心，遂養成忍耐、寬厚的品格。父親在一九六八年（民國五十七年）發表過幾篇憶兒時的文章，如今讀來，方才知道父親如此之品行源於陳家祖輩的厚德載物。

〈看廟戲〉講的是祖父帶六歲的父親看戲，因有人發生急症需立即處理，留下父親一人在台階上玩耍，遇到一對不講理的母子說父親撿了自己的玩具。祖父知道原委後，命父親把心愛的玩具交予對方。父親以為祖父誤解自己放聲大哭，祖父安慰說：「跟不明理的人爭辯，有什麼好！要學會忍讓，要學吃虧！」六歲的小孩如何理解這番大道理，祖父把掛著兩行淚的父親緊緊抱在懷中，最後用更稀罕的玩具撫慰了父親。「要學吃虧」成了伴隨父親一生的與人相處的原則，遇事絕不據理力爭，與星雲大師在〈你對我錯〉中所提倡的智慧如出一轍：「『你對我錯』、『你大我小』、『你有我無』、『你樂我苦』，凡事退讓一步，多尊重他人。表面上看似自己吃虧，實際上卻是占便宜的，因為我錯，我小，我無，我苦的世界，沒有爭執怨懟，心裡坦蕩寬容，很多問題都能迎刃而解。」

在〈拾碴子〉中，父親被玩伴栽贓，不僅概括承受，後來還為保護常遭後娘毒打的玩伴，又被祖母用掃帚一頓打。果然，應了古話，「打在兒身，痛在娘心」，父親寫到：「娘放下掃帚，眼圈紅紅地，回到了她的房間。娘總是那樣，打了人，出了氣，自己還要哭。」娘的哭是恨鐵不成鋼，也哭的是自己出手太重，這一次，娘哭的是敦厚、老實的孩子，為了別人卻苦了自己。

〈看棗園〉是一則溫馨療癒的故事。父親小時候去他的姥姥家跟著姥爺一起看棗園，防止快熟的棗子遭人提前採摘。一天夜裡，老姥爺發現賊是自家長工的孩子，不僅不喊捉賊，反而放了梯子，讓那孩子安全脫逃，從此，院子裡的棗子再也沒有被偷摘過。

這些兒時的片段隔了三十多年，父親竟依舊記憶猶新，或許因為曾經祖父母長輩的言教與身教對於十五歲離家，憑一己之力闖出一片天地的父親影響至深，又或許是親情在動蕩時代突然被無情地斬斷，唯剩這些少許的珍貴片段深藏心底。在每個思鄉之夜，空樽對月，用回憶拼湊出最溫柔的故鄉。

彼此的驕傲

在一九四八年，父親陳宏隻身來台，靠著自學、鑽研，不僅通過大學檢定考試，還從公司的小職員做起，一直做到總經理、董事長；又因在國劇、攝影、編輯採訪等方面的興趣，後成為攝影名家、報紙主筆、雜誌總編、大學教授。也許因為獨特的成長與人生際遇，他對於三個孩子的教育上，尤其注重禮貌與品格的養成。大謀在文章中這樣回憶道：

爸爸對我們的生活教育很注重。出門前一定要跟爸爸媽媽說再見，並告訴爸爸媽媽去哪裡、什麼時候回來。回到家，一定要跟爸爸媽媽請安問好。爸爸回家時，要趕快跑過去給爸爸拿拖鞋。吃飯時，只有爸爸開始動筷子了，我們才能開動。如果比較早吃完，還要說：「我吃飽了，爸媽請慢吃！」才能離開座位。過年的時候，跟爸爸媽媽拜年，要磕頭拜年，才能領到壓歲錢。

爸爸在我小時候的印象中是「嚴父」。爸爸以前偶爾跟朋友吃飯的時候會喝點小酒，回家後，我跟姐姐都會和爸爸玩「發酒瘋」的遊戲。就是，我跟姐姐繞著房子跑，然後躲起來，讓爸爸來抓我們。我想，那也是爸爸不用戴著「嚴父」面具的時候。

漸漸地，爸爸在我心目中的形象，從「嚴父」往「慈父」的方向轉變。爸爸每次吃完晚飯，總喜歡把報紙摺起來，翹著腿，鋪在腿上，倒一小堆帶殼的花生，一邊剝著殼吃花生，一邊看電視，我也喜歡湊在爸爸旁邊一起吃花生。爸爸因為體重比較重，所以，剛開始吃的時候很節制，只會倒出一小堆的花生，不過，吃完之後，就會發現倒了好多的一小堆。

大一的時候，進了籃球校隊，我很開心地告訴爸爸。爸爸就問我：「你是那五個上場打球的人之一嗎？」我說：「不是，我是那十二個穿著球衣的人之一。」爸爸說：「要嘛就不做，如果要做，就要做到最好。」我在校際比賽中，身高不是最高的，跑也跑不快，跳也跳不高，但是我努力練習，練習到投籃比人家準，防守比人家努力，比賽時，也會比別人多跑一步。

我從十二個人之一，變成了五個先發球員之一，最後，得到了大學聯賽明星球員。我告訴爸爸這個消息，給爸爸看教育部頒發的獎狀，爸爸笑著對我說：「不錯，就是要有堅持這種狠勁兒！」

大四的時候，爸爸改編的《孔雀東南飛》在社教館首演，我也觀看了。劇情精采感人，結束時，獲得了全場的掌聲，我覺得很驕傲。我想告訴所有的人：「我爸爸是編劇！」

（陳大謀〈我的爸爸〉）

大謀與父親之間不僅沒有常見父子之間的隔閡與溝通不良，反倒是父親說過的話成了他受用不盡的珍寶。有一次，大謀坐父親的車回家，聽著收音機報新聞，說的沒頭沒腦，雖然主播把每個字都說的字正腔圓，但是聽完那則新聞，根本不知道在說什麼。父親就說：「敘述事情的時候，要把人、事、時、地、物，很快說清楚，要讓聽的人聽得懂你想說什麼。」

大謀說父親秉持「**沒有用的話不說，沒有根據的話不說**」，在說話、寫文章時，一定要讓聽者聽得懂，讀者讀得懂。我與大謀一起工作時，他大概是我遇到的主管中能把事情說得最清楚易懂的第一人，也難怪遇到他說完一番話，我或者同事沒有反應時，他會先道歉，說：「不好意思，是我沒有說清楚，我再重新說一次。」

還有一次，大謀讀大學時，父親跟他說：「在大公司做事不如自己創業，只有這樣才有比較大的自主權做自己想做的事。」他說已經忘了為什麼談到這個話題，不過，父親的這段話，記得很清楚。這或許是大謀日後在工作如日中天時，卻選擇辭職，前往上海與人合夥創業的原因之一。

一九九二年，大謀從東吳大學商數系畢業，前往美國德州大學奧斯汀分校讀研究所，與父親見面的機會變少了，但往昔與父親生活在一個屋簷下的點滴與父親的言教，已融入他的生命。

德州之行

一九九八年，大謀拿到博士學位，五月，父母一起前往美國參加他的畢業典禮。那是父母幾十年來第一次一起出國，因為平日都有各自的工作在忙，很難湊到一起旅遊。然而，沒想到這次出國，也是他們最後一次一起旅遊。大謀開車帶父母去德州各個城市遊玩，父親那時已經發病，走路多了會累，但大謀當時並不了解其嚴重性，還安排了好多要走路的行程，後來知道，他很自責，覺得太不應該了。然而，父親自始至終從沒有一句怨言，只有一處景點需要爬的階梯太多，放棄了。也許，那時父親只是暗暗地想平日要嘛忙工作，要嘛忙寫作，運動太少，或許，他還打算回台後，要多運動，下次再跟兒子一起暢遊。

大謀也不知道，父親這次去美國參加他的博士畢業典禮後，陸續在報紙上發表了三篇與德州有關的文章，包括：〈達拉斯傳奇〉、〈奧斯汀走馬觀花〉、〈孤州之星，有容乃大〉（這是我在重溫陳宏老師舊作《陳宏文存》系列中《瓜田豆架下》發現的）。在網路還不發達，谷歌大神還在繈褓之中，查找資料需在圖書館的書山中翻山越嶺的年代，這幾篇文章內容取材之豐富，足以看出自稱文字工作者的父親對於寫作的嚴謹態度。父親自謙「身為一名過客，有緣過訪，就好像拋在自己手中的一本書，總要去翻一翻，念一念吧」，實際上，這三篇文章每一篇都洋洋灑灑數千字，古往今來，熱門的、冷僻的知識都有涉及。

在出國旅遊對於一般老百姓算是奢華享受的年代，寫作者的筆充當著導遊與攝影機的作用。我試圖從這些文字中，找尋一位父親對於最小的孩子拿到美國名校博士的喜悅之情的蛛絲馬跡時，不禁感到失望。雖然家中三個孩子都是博士，但是父親只參加過大謀的畢業典禮。也許，只是時機湊巧，當時由於身體的狀況，推掉一些外務，又或者，最小的孩子在父親心中本來就是特殊的一個，儘管大謀說從來沒有這樣想過。

在仔細閱讀這三篇文章之後，不禁好奇，奧斯汀是大謀在美國生活的時間最久的城市，而且也是父親美國之行停留時間最長的城市，又是德州首府，怎麼不是第一篇而是最後發表呢？也許正因如此，父親希望關於這個城市的美好記憶再持久一些，再多回味一下。如果非要從中找出與兒子有關的部分，那就是一段不到兩百字對於德州大學的介紹。

我想：奧斯汀受人重視，有兩個關鍵：一是德州的政治中心。……二是那種濃郁的學術文化氣息。德州大學簡稱 UT，校譽頗隆，在德州境內多處設有校區，獨立運作，各具特色，有些系所經常被列為全美優秀大學的排名榜中。像奧斯汀校區，有學生五萬人，確也作育了不少英才，在今年暑期的畢業典禮中，各科博士多達九百八十四人，成了全美需才機構的重要人力資源庫。

（陳宏〈奧斯汀走馬觀花〉）

一九九八年德州大學奧斯汀分校博士畢業生有九百八十四人，這個數字父親都記下了，因為他的兒子就是九百八十四人中的一個，是全美需才機構的搶手人選之一。

在美國工作後的第一個耶誕節假期，我回到台灣，那時，爸爸的腿已經病得更嚴重了，走路需要使用拐杖。假期結束要離開的時候，爸爸勉強開車送我到機場巴士的站牌。當我要上車時候，回頭看到爸爸，站在車旁，拄著拐杖，對我揮手。我，突然哭了出來。

（陳大謀〈我的爸爸〉）

一九九八對大謀來說是重要的一年，那是他博士班的最後一學期，論文做得差不多了，在年初的時候收到三個不同工作錄取通知書，一個在舊金山的信用卡銀行做風險分析，一個在維吉尼亞州也是做風險分析，

另外一個就是在達拉斯的供應鏈管理顧問公司做顧問。因為喜歡德州的生活，最後，他選擇了達拉斯的公司。

大謀在〈我的爸爸〉中寫到：「一九九八對我來說是一個重要的里程碑。二十八歲，拿到了博士學位，結束了二十多年的學生生涯，面對新的挑戰、新的機會！那時候的我，也沒有想到爸爸當時腿的不舒服，是得了多麼可怕的病，以及之後的一連串變化。」父親五月參加完謀的畢業典禮後回到台灣，以為又將恢復之前的忙碌生活，誰知腿越來越不聽使喚，外務越減越少，生活的重心一半用來閱讀、書寫，一半用來四處求醫，嘗試身邊朋友介紹的各種療法。除了把北部各大醫院的門診掛一輪外，求神問卜、民俗療法也都無一漏網。這是一個漫長又煎熬的過程，父親並不知道疾病已經入侵，正悄悄地吞噬著他的運動神經元和活動能力，而他浸淫書海，自由書寫的時光越來越少。

次年，父親在榮總被神經內科主任、時任漸凍人協會理事長的蔡清標醫師確診為肌萎縮性脊髓側索硬化症（ALS），俗稱「漸凍症」。那個年代，即便是神經內科名醫恐怕也沒有聽說過這個疾病。父親傳奇的後半段人生，隨著疾病的確診，漸漸拉開帷幕。

1998・爸爸

一九七九年春節過後不久，媽媽張引春發現她懷孕了，那時候，爸爸剛隨中國專家組到贊比亞（Zambia，台灣稱尚比亞）。媽媽開始並不太想要，她的身體本來就不太好，生下姐姐哥哥又沒有好好坐月子，留下病根，想到要經歷第三次，加上爸爸不在身邊，她沒了勇氣；再者，當時姐姐五歲，哥哥四歲，正是磨人的時候，如果還要拉扯一個小的，她實在沒有信心。可是，哥哥從出生身體就不好，奶奶勸媽媽把第三個孩子留下來，以防萬一。臨近預產期，媽媽被計畫生育小組「請」去學習，與同被「請」去的孕婦關在家附近的一個學前班教室。哥哥、姐姐趴在窗戶上，哭喊著，媽媽心痛極了，為了早點回家，她妥協了，在接受絕育手術的同意書上按上手印。我的出生，很是周折。其中的辛酸與辛苦，遠在非洲的爸爸又怎麼可能知道。

媽媽說，爸爸在國外的那幾年，有鄰居叔叔常逗我，用糖果哄我叫

「爸爸」，被我怒目拒絕。有幾次，我跟隔壁小孩玩到一半，他出遠門的爸爸回來了，看著人家父子團聚，我跑回家，爬到櫃子上，摸著掛在高處相框裡一張張爸爸的照片，對自己說：「我爸在牆上。」過了一會兒，我問媽媽：「我爸什麼時候回來？」

在我兩周歲時，爸爸結束國外工作，調回西安。爸爸回來那天，一家人很歡喜，村裡的人也都來了。晚上，待人們散去，我見一個人不走，就哭鬧著不肯睡覺，非要把這個「陌生人」趕走。媽媽把我摟在懷裡哄著，那些年的她一個人吞下的苦水，化成淚滴從眼角滑落：「傻孩子，那人是妳爸！」我伸手抹去媽媽臉上的淚水，指著牆上的相框：「我爸在牆上！」

後來，爸爸用薄荷糖收買了我。每個清晨，他像變戲法一樣，讓一卷薄荷糖出現在我的面前，逗得我一陣開心。我喜歡薄荷獨特的香味與辣辣甜甜的口感，漸漸也喜歡上了那個人。隱約記得，深秋的清晨，天還沒有大亮，我依偎在一個溫暖的懷抱裡，手裡拿著撕開的薄荷糖，不時扭頭看著那個總在對我微笑的面孔。我至今仍喜愛薄荷的清香，在心神不定的時候，一杯薄荷茶總能讓我沉靜下來。

平凡的期待

從什麼時候開始，我倒數著爸爸放假的日子，他不再是牆上的照片，好遙遠、好遙遠。他是看得見、摸得著、會把橘子剝出各種造型、能把烙餅咬各種形狀、會哄我吃飯、會講好聽的故事、笑起來有酒窩、會幫爺爺做農活的爸爸。

爸爸有一種無形的威嚴，敏感的我知道，他對我有著沒有說出口的期待。哥哥姐姐練鋼筆字時，我還沒上學，爸爸也給我準備了一本柳公權字帖和一枝鋼筆，教我把紙蒙在上面，一筆一畫拓寫；小學二年級開始有作文課，爸爸給我一個小日記本，讓我每天記錄生活，他假期回來，會一篇一篇看過和點評。每當我比賽得獎或考了滿分，爸爸總是微微一笑，他小時候因搶乒乓球桌磕掉一顆牙，笑起來，露出豁口，有點可愛。

轉學到城市後，我的成績一直不錯，開家長會時，經常被老師表揚，爸爸做人做事低調，這個時候更是不會多說話，而有些家長為了自己孩子，總是對學校有很多意見和要求。爸爸會仔細看我的試卷，即便拿滿分，他都能找出裡面答得不太好的或者老師誤判的，他說：「這裡是老師送分。」如果差一點滿分，他會說：「太粗心了！這樣的錯誤不能再出第二次。」

一個深冬的夜晚，爸爸的朋友來訪，坐在客廳裡聊天，門虛掩著。我從房間出來，剛好聽到他的朋友問孩子的成績怎樣，爸爸說：「中上。」接著他們聊到對孩子的期望，爸爸說：「沒有太多期待，平平安安、健健康康就好。」我一直以為，力爭上游才是唯一的道路，但爸爸竟然只希望自己的孩子做一個平凡的人。

生存法則

回想我的求學生涯算是平順，幾乎沒讓父母操太多心，初中畢業免考試保送重點班。高一那年，學校為了提高升學率，原本分重點班和普通班，改為前五十名組成實驗班。分班是按照成績排名，但在新的機制下，期中、期末都要排名，期末總成績若落在五十名以後，就要從實驗班離開。

大多數青春期的孩子，渴望得到認同，渴望友情，甚至愛情。但要在這樣的機制下生存，就要狠下心，不跟任何人做朋友。與我一起保送進實驗班的初中同學劉淡淡第一次考試後，掉到了二班，之後再也沒有回來。我們不僅是一班之隔，更因此有了時差，後來連僅存的聯繫也消失了。有人下去，就有人上來，那些上來的同學，在後面的考試中起起伏伏，有時留下來，有時落下去，有時又上來。他們不僅沒有朋友，更沒有安全感、歸屬感。一位叫威武的同學，人長得又高又帥，高二從二班考上來，沉默寡言，閃忽的眼神沒有光。他爸爸和我爸爸是朋友，但我們好像是兩個世界的人，從沒有說過話。

班裡前十名毫無懸念，永遠被牢牢佔據，而我也在其中。我的高中時光，不知是被無形的壓力籠罩，還是怕多說話浪費時間，除了上課被叫起來回答問題，其他時間都安靜地做題或看書。到了高三，應家長要求，班主任把班裡話最多的兩個男生分別安排在我（班裡話最少的人）左邊和右邊。兩人的名字剛好是一副有趣的對聯，一個叫張洋（張揚），一個叫陳拙（沉著），天秤座的我夾在中間，成了完美的「平衡」。

讀高中的時候，我徹底成了「珍稀動物」，全家人卯足全力儘可能為我創造最好的環境。即便是寒冷的冬天，媽媽依舊早起為我蒸好雞蛋，然後坐在床邊，撫摸著我的背，輕輕喚我醒來；午休時，媽媽守在門口，避免突然的訪客打擾我睡覺；飲食上，總是給我開小灶。雖是北方人，我卻不吃麵食，媽媽都會為我蒸一小碗米飯，炒兩樣菜；下晚自習，再為我汆一碗丸子冬粉湯做宵夜。為了節省去理髮店的時間，爸爸親自給我剪頭髮，為了剪出整齊的瀏海，便把碗扣在我頭上，畫面非常滑稽。文具與參考書的採買，接送我參加考試、競賽、上輔導課，也都是爸爸的工作。讀醫學院的哥哥住校，只要前一晚沒有課，他就騎自行車回家，與我聊學習方法、大學生活，第二天一早起來先騎車送我去學校，再返回學校。

獨木橋

高考一直被譽為改變命運的獨木橋，擠的人多，通過的人少，想要擠進最好的學校，即便考進全省前百分之一，仍有可能被擠掉。我算是正常發揮，被中國科學技術大學（註：首批985大學之一。「985工程」是大陸為了建設世界一流大學和一批世界著名高水準研究型大學而實施的教育計畫。入選的大學綜合實力、學科教育及科研，都處於大陸大學領軍地位。）錄取，然而，我的心裡很久都不太舒暢。

小學五年級時陪伴癌末的奶奶走完最後一程，那時候就希望長大成為專攻癌症治療的醫生。哥哥讀臨床醫學專業後，我更確定要當哥哥的學妹。在提前錄取中填寫了哥哥學校的臨床醫學本碩連讀七年制專業。但爸爸希望我上名氣更大的中科大，而且中科大外語系也很吸引我，五年制學程，科技英語在大陸獨樹一幟，雙主修並軌教學。為了確保我能順利收到中科大的錄取通知書，爸爸做了一番努力，而這正是多年來我感到愧疚的地方。

我的高中同學中流行一個說法：「要嘛去北京，要嘛留西安。」背後的原因無非是地域傲慢，西安是十三朝古都，又是航空航天重地，重點大學數量僅次於北京和上海。爸爸在招生說明會後聽到中科大每年留給陝西省的名額約五十位，但實際招收到的僅有三十來位。而我的中學很多年都沒有人上中科大了。爸爸根據我的成績，加上他的分析，覺得我上這所名校十拿九穩。

高考、估分、填寫志願，倔強而好強的我只填報了提前錄取和第一志願，其他全部空白。性格謹慎的爸爸跟哥哥私下商量，為了避免可能產生的變數，他們背著我給招生老師送了一千元人民幣紅包。這是我後來才知道的，紅包金額並不高（然而那時我一學年的學費才兩千元人民幣），但我很自責。家裡那時的經濟不太寬裕，爸爸一個人工作，哥哥又讀醫科，學費和開銷很大；還有，就是我的分數還沒有好到沒有被擠掉的風險程度。

拿到大學的錄取通知書後，爸爸透露，招生老師在提供有關的諮詢時，暗示有不少更優秀的學生報考，以及預估的錄取分數線。也明示如果家裡不是特別揭不開鍋，必要時最好有所行動。爸爸去拜訪招生老師時，剛好遇到其他家長，了解到人家孩子的分數很高（而這位家長正是後來跟我關係很好的男生的母親，而這個男生是那屆的陝西省狀元）。

這是一座獨木橋，比的不僅是分數，還有一個家庭的社會性，在送禮風氣盛行的年代，成了一種自然的篩選與淘汰機制，即便是頂尖中的頂尖，依舊得有強烈的危機感，而沉默卻敏銳的爸爸嗅到了這種危機感。

這就是我們的成長環境，在檯面上的競爭之外，還有檯面下的競爭，而那時還未社會化的我，下定決心，不再讓父母為我的人生操心，我要為自己的人生負責，即便這條路可能走起來更加坎坷。

二十多年後的夏天，姐姐的小孩考大學，與爸爸聊起這段往事，他說當知道我不在我們高中的第一批保送名單（而名單上的人的成績都在我之後）時，透過熟人了解到學校一些操作，所以後面送禮的事情，只是不希望我被擠掉。離開學校多年，早已不太關注這些議題，可是每年夏天，仍會聽到一些冒名頂替或擠兌的故事被翻出來。雖然說人生的路還很長，笑在最後的人才是真正的贏家。的確，對有些人來說，一次考試並不能決定他們的命運；然而對另一些人來說，這座獨木橋卻可能是他們改變命運的唯一機會，錯過了，可能這輩子都無法翻身。

越走越遠

去合肥讀書時，爸爸請了幾天假，陪我搭了十四個小時的火車，那一路是我們聊得最久的一次。坐在底層的臥鋪上，沒有薄荷糖、沒有面帶微笑、沒有溫暖的依偎，我靜靜地聽爸爸給我惡補「異地安全指南」。到學校辦完報到手續，爸爸去火車站辦理回程車票。我在寢室，開始了人生第一次與被套和棉被的糾纏。幾次敗下陣來，沒有冷氣、沒有風扇的宿舍，我全身是汗，後來還是放棄了。傍晚，爸爸終於出現了。我坐在上鋪的床上，看著爸爸瞇著有點老花的眼睛，為我把被子套好、摺好，那一刻，我第一次感到後悔，後悔為什麼要到離家這麼遠的地方讀書，後悔曾經為什麼那麼嚮往遠方。

既然踏上了一條路，就要硬著頭皮走下去，證明我長大了，證明我會為自己邁出的每一步負責。這股子蠻勁兒是繼承爺爺和爸爸的吧。在爸爸準備離開合肥的那個中午，為我打了一瓶熱水，送我到宿舍樓下，叮嚀我要好好吃飯，照顧好自己……。那一刻，我越發痛恨這個遠方，但是又對現實這條無法回頭的路無能為力，只能讓一種被拋棄的感覺不斷加劇，淚水在眼眶打轉，我轉過頭去。爸爸催促我回寢室午休，下午還要參加考試，他也將動身前往車站，趕回程的火車。身旁同樣是來辭別的父母，他們的孩子靠在父母的肩上，恣意地撒嬌、流淚。最後一次，我看著爸爸的眼睛，堅定地說：「好，再見！」然後，頭也不回地走進宿舍樓，剛一經過轉角，我的淚水就奪眶而出。

一九九八年，我第一次真正離開家，懵懂地嚮往遠方，嚮往在路上，而有一天，當我突然意識到再也回不去了，不禁潸然淚下。那個家成了回憶，成了夢裡的地方，不再有我的房間，不再有一張屬於我的床，而我每次匆匆來去，成了真正的過客。一九九八年，與父母的緣也到了一段落，雖然始終都有一條看不見的線把我們牢牢牽扯，但再也無法回到從前，再也無法在他們身邊安心地當個小孩，在他們的臂膀下躲風避雨……。

遇見你之前

一九九八年，是個人電腦與網際網路的重要里程碑年，世界首條為網際網路服務的海底光纜開通，連接紐約和倫敦；蘋果公司推出 iMac；微軟 Windows 98 作業系統問世。一九九八年，是災難頻發的一年，華航 676 號班機在桃園機場附近墜毀，機上乘客與機組人員全數罹難；德國艾雪德列車出軌，上百人死亡；長江、松花江、嫩江發生特大洪水，受災人數超過二億人；巴布幾內亞發生地震及海嘯，一千五百人罹難。一九九八年，我十八歲，第一次遇到四月下雪，第一次遇到地震。在高考前，柯林頓訪華，因首站是西安，這座古城一時間成為各大媒體爭相報導的焦點。

一九九八年，大謀拿到博士學位離開奧斯汀到達拉斯工作，我高中畢業離開西安到合肥讀大學。那時的我們還只是位於地球兩端的兩個點，在各自的時空中向前。一條看不見的線已穿越半個地球，將彼此拉扯，向同一個時間與地點靠近。遇見彼此以前的時光，請各自慢慢道來吧。

一個人聽 CD

帕西帕尼 (Parsippany) 是紐澤西州的一個小鎮，距離紐約車程大約一小時。小鎮很漂亮，樹葉的顏色很豐富。從學校畢業，一進到公司，就從德州被派到帕西帕尼出差三個禮拜。

公司剛剛併購那裡的一家公司，希望我完成一個禮拜的培訓課程之外，再留一段時間和開發人員及顧客支援人員一起工作，多挖點產品資訊回去。除了週末坐火車去曼哈頓逛以外，其他時間（包括下班時間）都在認真地工作。

住在類似公寓的旅館，房間裡有廚房，配有簡單的廚具，可以自己煮點東西吃。每天下班以後，我都待在房間裡，一邊吃晚飯，一邊聽陶喆的 CD，一邊研究產品資訊。那是陶喆的第一張專輯，其中〈沙灘〉、〈愛很簡單〉、〈飛機場的十點半〉日後都成為經典，這些歌曲陪伴著我度過了那段出差時光。我很喜歡帕西帕尼，後來幾年又因為產品的問題飛去過好幾次。

（陳大謀〈穿越半個地球的回憶〉）

〈屋頂〉

〈屋頂〉這首歌對我來說有點特別，記得那時周杰倫剛剛紅起來，不記得是在新竹的T公司還是U公司做專案，每到禮拜五的傍晚都從備受摧殘的客戶處和 Ken（有的時候還有 Jessica）開車回台北。

那時爸爸住在松山醫院。禮拜五晚上從新竹回到台北後，都會去看爸爸，跟媽咪一起待到醫院病房關門為止，然後去夜市買宵夜回家。禮拜六早上，去醫院陪爸爸寫稿，中午吃彭彭姐做的乾麵或者麻辣鍋，下午回家睡個覺，晚上再去。禮拜天早上去醫院看爸爸，吃完中飯，返回新竹。那時，感覺醫院的病房就像是家裡的客廳，在那裡陪爸爸媽咪看電視、寫稿、聊天。那段時間，雖然工作壓力很大，週末也都在醫院，但是覺得心裡很平靜，因為爸爸媽咪都在旁邊，現在回想起來，很懷念當時的時光。

在從新竹回台北的高速公路上，會聽周杰倫的CD，每當快到台北的時候，Ken會說要有一個happy ending，他就把音樂切到〈屋頂〉這首歌，然後我們在車裡大合唱。〈屋頂〉也是我們每次去KTV必點的歌。

（陳大謀〈穿越半個地球的回憶〉）

落地上海

在德州這家當時頂尖的供應鏈管理公司工作了幾年，有一個到上海和一家大陸國營上市公司創辦合資公司的機會。於是，我和兩位台灣合夥人去了上海。

從小就聽著〈夜上海〉，看著電影《上海灘》，媽咪也跟我說過，她在上海讀過一年小學，是從上海坐的太平輪到了台灣。上海對我來說是神祕而迷人的。二〇〇二年初到上海的時候，那裡的建設已經不輸給世界上任何一個國際大都市。上海的食物口味跟台灣的相近，都是偏甜，而且氣候溫和，在生活上，我適應得很快。

二〇〇三年，公司正式成立，從大陸各個頂尖大學招了一批應屆畢業生，他們求知欲強，工作勤奮，只要他們認定領導有本事，就會死心塌地，認真工作。我的年齡沒有比他們大多少，所以，很受基層員工的歡迎。

（陳大謀〈被「統戰」了？〉）

〈紅旗飄飄〉與〈高山青〉

合資公司，會面臨一個很大的挑戰，就是合資雙方管理者之間的磨合。我們雙方雖然在公司都是好同事，可是，中間有一道很難說清楚的隔閡在。作為大陸方的擔心是，我們對技術有所保留，沒有完全付出。作為外資方的我們，擔心是他們學了我們的專業技術之後，會把我們趕走。而且，他們是「共產黨員」，「共產黨員」和親愛的「大陸同胞」還是不一樣的，那些「匪幹」都很奸詐。至少，我們從小就是這樣被教導的啊！

這個隔閡直到公司成立一年後，在餐桌上才真正化解。

第一次公司高層會議在浙江舟山召開，這也是公司第一次離開上海在外地開會。第一天在遊覽過普陀山以後，感覺很放鬆，傍晚坐在漁港旁的大排檔，涼涼的海風吹來，桌上擺著滿滿的海鮮，配上夜市黃黃的燈光，大家很悠閒地聊著家鄉的事。這七八個人當中，來自四面八方，有台灣、河北、東北、湖南。不知是誰先開始，罵著我們都很討厭的客戶，之後，每個人都同仇敵愾地一起開罵。也不知道為什麼，我喝著當地特產甜甜的楊梅酒，開始拚命追酒，一個人接著一個人輪流地喝，喝了一圈又一圈。我忽然覺得，每個人的臉都很可愛，最後，大家東倒西歪地離開。我和其中一位大陸同事勾肩搭背，我唱著大陸的〈紅旗飄飄〉，他唱著台灣的〈高山青〉，回到了旅館。

不知道是我統戰了他們，還是我淪陷了？第二天早上開會的時候，延續著前一晚良好的氛圍，有一些原本可能有爭議的問題，沒想到都順利地通過了。從那次聚會以後，彼此的隔閡都消除了。我跟大陸的經理們也從原本的工作關係變成了好哥們兒。

（陳大謀〈被「統戰」了？〉）

後來，聽到一段插曲，黃麗梅，大謀以前UT的同學也是摯友，畢業後，作為美國一個軟體公司的首席代表在上海生活了兩年，當知道大謀考慮去上海的時候，跟他打了一個小賭，麗梅賭一塊錢，賭大謀在上海兩年就會不適應。後來，麗梅到上海出差，發現大謀很能夠融入那個環境，也有很多好同事、新朋友，當然，用大謀自己的話：「還賺了一個Kiki」。這是後話。對於吃貨來說，美食是可以讓人淪陷的。上海的生煎包、蟹粉小籠、三黃雞，還有煎餅、冷麵、蟹殼黃、燒烤等等，都是大謀日後不斷推薦給去上海旅遊的台灣朋友的必吃美食。

Sound of Silence

聆聽
寂靜

《陳宏文存》

一九九九年，大謀的父親被診斷為肌萎縮性脊髓側索硬化症，俗稱「漸凍人」。二〇〇〇年四月，因呼吸不暢、二氧化碳過多昏迷，經急診送至國軍松山醫院（舊名空軍總醫院）加護病房。在之後出版的《陳宏文存》自序中，陳宏老師記錄了這段人生的巨變。

一向被認為健碩、爽朗的我，突然病了，而且是一種群醫無策的不治之症，先是左腿無力，繼而雙足無法站立，必須以輪椅代步。更糟的是，偶感風寒，未加注意，起起伏伏，終於在清明後一日的中午時分因呼吸不暢，肺部二氧化碳過多而昏迷，據說還驚動一一九的救護車送醫急診。

當我醒來時，已在空軍總醫院加護病房，嘴中、鼻孔、手腕、尿道都插滿了管子，病床兩側掛了不少個點滴瓶，閃爍發亮，渾身也貼滿了監測器的線鈕，我的生命狀態和紀錄，都顯示在屏幕上。

（陳宏〈說在前面〉）

這次住院，陳老師在加護病房住了五十多天，因呼吸衰竭，不得不接受氣管切開術（氣切），以維持生命。由於插管時間太久，說話與吞嚥功能嚴重受損，不久後，徹底成了有口難言的狀態。大謀的母親，那個處處發光，最亮眼的主角，在先生病倒後，經歷「震驚、害怕、沮喪」，她毅然決定告別自己的舞台，與另一半風雨同舟，並用自己的方式點亮先生的生命之燈。

在榮總蔡清標主任的確診下，（陳宏）得的病是「運動神經元病變」。我還傻傻的，輕鬆的怪陳宏：平時不運動，看吧！得了這個怪病，以後得多到戶外走走。

蔡醫師十分慎重地告訴我：不是這樣的，陳先生得的病全名叫「肌萎縮性脊髓側索硬化症」，俗稱「漸凍人」，是種絕症，和運動無關。

請問：我還可以陪他多久？

因人而異，從發病開始，可能三、五個月到三至五年。

可以想像當時我的震驚、害怕、沮喪，看著躺在病床上相依相適幾十年的老伴，我決定從教職退休，離開我最愛的教育工作、心愛的學生、敬愛的師長，陪他一起度過。

寫作是陳宏的最愛，陳宏臥病後，經朋友們的鼓勵，我和好友張澄子老師，在他堆砌比人高的剪貼簿中，清理出一些塵封已久的舊作，從他過去的剪報中篩選出數百篇文稿，集結出版了《陳宏文存》八本。

（劉學慧〈感念〉）

陳宏老師癱躺在床，靠著呼吸器、鼻胃管維生，雖然口無法言語，但還可以握筆寫字，與親友和照顧者溝通自如。然而，這種狀態並沒有持續太久，陳老師的手很快也無法動彈了，溝通變得異常困難。生命的巨變，一浪接著一浪，洶湧而至。《陳宏文存》就是在這樣的巨浪中誕生。

陳宏老師在自序中這樣寫到：「（《陳宏文存》）**是在油枯燈熄前，做的最後一點奉獻，也為那個年代，為這片土地、人文，勞過力費過神的人們，留下了一些些鴻爪餘痕。**」二〇〇二年三月九日，在眾好友協助下，一場轟動的發表會吸引了眾多媒體。從那時開始，「漸凍人」三個字走入了人們的視線。當時，陳宏老師並沒有預料到《陳宏文存》只是為他的人生畫了一個分號。苦難讓熱情更加熾熱，讓運思更加活躍，陳老師超越有形的局限與禁錮，創造出悠然自得的自由空間，在那裡譜寫出更澎湃、更浩瀚的生命樂章。這盞燈不僅沒有枯、沒有熄，還把所磨礪出的全新能量，轉化為更持久、更明亮的光，灼灼不熄。

千禧年

二〇〇〇年，我讀大學三年級。週一到週五上外語系專業的課程，週六、週日全天上計算機系（台灣稱資工系）課程。為了寫程式，買了第一台組裝電腦，當時一台個人電腦動輒上萬人民幣，幾乎是一整年的學費與生活費，而筆記型電腦完全是高不可攀的奢侈品。這台組裝電腦是找懂電腦的朋友幫忙配的，全是二手零件。電腦的作業系統還是Windows 98。當年度，微軟推出Windows 2000（主要應用在伺服器與工作站上）以及被戲稱為錯誤版本的Windows Me（被批評為不夠穩定和缺乏對DOS真實模式的支援），隔年推出的XP，無論是設計美感、操作流暢度，尤其在穩定性方面表現出色，直到多年後，很多人才放棄XP，升級到Win 7。

二〇〇〇年，民進黨候選人陳水扁當選總統，台灣首次進入政黨輪替。雖然大陸一直不承認台灣總統，對「中華民國」四個字特別感冒，而民進黨掌握領導大權，造成原本趨於和諧的兩岸關係突然緊繃起來。我就讀的大學，以「又紅又專」為校訓的中國科學技術大學，思想工作也突然抓起來。忘記那門課叫什麼，只記得任課老師連著好幾堂課在分析台灣大選以及兩岸關係的走向。又是一種既親切又陌生的感覺，親切的是從小就稱台灣為寶島，那裡有美如水的阿里山姑娘，壯如山的阿里山少年，更有在我們隨身聽裡一遍遍循環的流行歌曲，陌生的是那裡離我好遙遠、好遙遠。

Chapter 3

讓心篤定

Stand by You

追光者

「三點到四點之間，時針和分針會不會重合？」

「會」

「兩秒之內告訴我，大概會在幾點鐘？」

「三點十六分左右」

「好，可不可以列一個方程式，算出具體重合時間？」

這是我第一次和妳見面在面談中問的問題，我知道妳說話很有條理，做事很明快，最特別的是對妳感覺很熟悉，好像以前就認識了。

雖然最後妳沒有答出我問的題目，不過，在問妳前，我已經決定錄用妳了。

然而，因為當時公司給的薪水太低，妳很掙扎地選擇不來，我還為沒有機會跟妳一起工作感到很惋惜。

（陳大謀〈妳的陪伴〉）

聖誕夜

「嗶——嗶——」

地鐵關門聲響起時，蹦進來兩個人。其中一個很高大，要仰著頭才能看見那人的後腦勺。他背對著我，感覺有點熟悉，與其說有點像某個人，不如說，希望是他。那天參加面試，見了那人，他的樣子便揮之不去了。

「嗨！Tom！」那個側面越看越像，我有點激動，心跳加快，喊了出來。

那個人回過頭來，表情有點意外，不過立即露出笑容：「嗨！Kiki！」

「好巧啊！」他竟然還記得我，我的臉有點發熱。

「妳不能來我們公司好可惜！」

我面試的這家公司位於上海張江高科技園區，是一家合資新創科技公司，規模大約為八十多人，除了各部門主管都是海歸，而且在美國上市公司擔任過主管外，員工大都是大陸名校的應屆畢業生。我的大學同學在這家公司上班，就是她介紹的這個工作機會，我的外語與計算機雙學位學歷剛好符合他們的職缺要求。

參加完面試，同學說她老闆 Tom 對我的評價非常好。還說，當他得知人事向我開的薪水太低我拒絕了，也替我覺得不公平，因為公司給的是應屆畢業生的待遇，而我已經有十八個月的工作經驗，當時任職美商上市公司，福利待遇都比較優。Tom 說願意為我多爭取一些薪水，如果爭取不到，他可以自掏腰包。

從同學的口中得知，這位年輕、高大、美國名校博士的老闆是公司合夥人之一，但屬於外資部分，只負責技術與業務，公司的人事和行政歸中方管。我的好同學不希望給老闆添麻煩，直接替我拒絕了。她問我：「會不會怪我？」我說：「不會。」其實，我心裡早已被這位無緣的老闆感動了。

「很不好意思，公司給的薪水比妳預期的低。」

我笑了笑，露出遺憾的表情。

「那妳對我上次介紹的工作內容有興趣嗎？」

我點了點頭。

「如果我可以多爭取一些薪水，妳願意來嗎？」

他的談吐很有禮貌，語調溫柔，聽起來很舒服。

我用力地點頭，也許早被他的笑容和真誠說服了。

他開心地再次確認：「妳說的是真的嗎？」

我又點頭了，還面帶微笑，在想什麼啊！

看到他那樣開心，我已經不在乎薪水了。

那時的我只知道這是一次好巧的地鐵偶遇，卻不知道，怕人多擁擠的 Tom 在上海搭過地鐵的次數屈指可數，而在他少之又少乘地鐵的經歷中，我們偏偏在同一班地鐵、同一節車廂遇見。共搭的只有一站地鐵而已，短短不到三分鐘的談話竟然徹底改變了我的人生軌跡。

美好新世界

元旦剛過，新工作就開始了。也許也因為新一年剛開始，整個世界煥然一新，我的渾身充滿活力。

一進公司，我就加入了 Tom 帶領的新專案團隊，為客戶設計運輸管理與排程解決方案。才加入兩個星期，我竟然有機會跟 Tom 一起出差，而且是去一家位於杭州在納斯達克上市的通信設備公司。一同前往的還有一位專案經理 PK，他們兩位已經搭檔過多次，Tom 擅長業務流程最佳化和系統整合，負責整體解決方案；PK 是工程師背景，專長是系統架構設計。

早上從上海坐火車前往杭州，一到客戶處，就開始與不同的部門開會，了解其作業流程以及所遇到的問題，大部分時間都是 Tom 在跟客戶說話，而我就是認真地聽和記筆記。這次開會一天半時間，第一天是收集客戶需求，第二天針對第一天收集到的主要需求提出解決方案的設計。在火車上，Tom 已經分好工，我負責記錄和整理業務流程，PK 負責資料庫串接和架構設計。

這次出差的會議安排非常密集，要在一天之內與這家公司幾個主要部門的人分別開會。雖然有資訊部經理陪同，但也許其位階比較低，其他部門的人的態度差別很大。有人友好、有人漠然、有人戒心很強，不太願意過多透露自己部門情況，還有人剛從美國總部調回，傲慢、懷疑甚至不屑就掛在臉上。然而，Tom 的表現，讓我和 PK 私下對他佩服得五體投地。一整天的會議，Tom 自始至終保持著誠懇、熱情，還有好像有用不完的旺盛精力，不管客戶的態度如何，Tom 都是耐心回應，全神貫注地傾聽、提問、討論可能的解決方案，除了希望了解更多，也確實設身處地站在對方的立場思考。我們親眼看到客戶態度的極大轉變，開完會，客戶滿臉笑容地與 Tom 聊起美國的生活，還送我們離開她的辦公室，而就在一個小時前，在我們走進她的辦公室時，她還是一臉不耐煩的表情。

那次出差，令我印象深刻的除了在客戶處開會的情景，還有晚上一起去西湖邊上的茶館整理簡報，雖然早上五點多出門，夜裡工作完回到飯店已經凌晨兩點多，但我非常開心。Tom 在開會空檔已經把簡報架構整理出來，再分配給每個人。我們一邊做簡報，一邊喝茶、聊天，很愜意。

那晚是一起工作以來第一次聊到彼此的生活，感覺又靠近了許多。

Tom 除了在專業上出類拔萃，為人慷慨，定期的團隊聚餐，他都讓大家放開點菜和酒水，超出公司給的額度之外都是他出。而且，只要他回台北，都會帶台灣特產給我們，不是只給我們部門，而是各個部門人人有分，鳳梨酥、太陽餅、麻糬、肉乾等，台灣的特產也太好吃了吧！Tom 就像公司的小太陽，好多人都視他為偶像，包括我在內。

偶像對我好像也不太一樣，或許，我偷偷希望自己在他的眼裡是特別的。我的性格直率，比較有自己的想法。對於 Tom，儘管崇拜，但絕不盲從，對於不明白、不信服的東西，不會動手去做。每次接到任務，我會先把不清楚的地方弄清楚。在遇到有關職涯發展方面的困惑時，也會向他請教。從他微笑的背後能看出他對我的肯定，也從他不斷地鼓勵中，我更加自信。進公司的第一個季度，我就榮獲「優秀員工獎」。夏初，全公司調薪之際，Tom 為我爭取到一次調漲兩級，聽說，這在公司從來沒有過。在 Tom 做主管的經歷中，也是頭一次。

聽說過「漸凍人」嗎？

「聽說過『漸凍人』嗎？『漸漸冷凍』裡的兩個字。」

我搖搖頭。

Tom 伸出右臂，舉起來，當他想要舉起左手時，卻怎麼也舉不起來。

「我的左臂舉不起來，」他停頓了一下，「得了這種病，運動神經細胞會慢慢死亡，人就像結冰一樣，逐漸喪失各種活動機能，最後可能只剩下眼睛能眨。」

說這些話時，他很平靜，好像只是在跟我科普一個疾病知識。

我的心早已慌亂，想到很多次他從我面前經過時，左臂是垂下來的，像脫臼一樣。有時候，也看到他用右手把左手抬起來，放到鍵盤上。而今，這一切都有了解釋，他生病了，他生病了，淚水在我的眼眶裡打轉。

「為什麼會得這個病？」

他無奈地說：「不知道。」

「爸爸和姐姐都是這個病。只是，為什麼發病，醫生也說不清楚。」

「為什麼好人要生病？」我傻傻地問，但我知道，沒有人能回答我。

Tom說打算休長假，到處走走，也想想以後。他說沒有告訴家人自己生病的事，公司裡也只跟幾個人說了。我問他休息多久，他說可能是幾個禮拜，也可能是幾個月。

看著身旁高大的他，那一刻卻像個孤單的小孩，好想給他一個大大的擁抱，可是，聽著自己慌亂的心，我又哪裡有那份勇氣和力量？

那次談話是五月，再次看到他，上海已經很熱了。在他缺席的那段時間，一想到他生病的事，就感到心裡有個地方好痛，甚至覺得很快就要失去他了，雖然未曾擁有，但這個世界美好的事物又將少了一個，不禁讓人感傷。當他迷人的笑容、爽朗的笑聲再次出現，我的世界又被點亮了。

他帶了一本書給我，說是父親的新書《頑石與飛鳥》。晚上一到家，我激動地翻開書，一頁頁細細閱讀。這是我讀的第一本繁體書，從小學習簡體字，第一次閱讀繁體字，不僅沒有障礙，還覺得親切，後來甚至深深喜歡上這筆畫繁複的文字。對二十五歲的我來說，雖然每個字都認識，每篇文章都能看懂，但字裡行間所蘊藏的勇氣與智慧，那時的我根本無法體會，更難以想像每個字到底是怎樣被「寫」出來的。

書中有許多 Tom 家人的照片，令我印象深刻的是他的父親與母親的微笑，從年輕戀愛時羞赧的微笑，到穿越人生的風風雨雨，患病的父親躺在病床，臉上仍然保持著生動、充滿感激的笑容，慈愛堅強的母親，面對這一切，毅然又溫柔的微笑……，這是多麼不尋常的家庭？也許，因此才造就了我眼前那個獨特的他吧！

Tom 早已超出了作為上司對我的影響，工作中、生活上，現在到精神上，他成了我生命中那個重要的人，像領路人，指引我前進。

古人說：「士為知己者死」，我覺得Tom就是那個「知己者」。我後悔自己不是男兒身，但是我覺得自己的胸襟、氣魄，受了Tom的影響，快成了一個英勇的俠士，隨時可以為了他赴湯蹈火，先死而後快。

可以愛你嗎？

「一起走吧！」

Tom拿起我桌上的一張紙在上面歪歪扭扭地寫了這幾個字。

我正在跟客戶通電話，抬頭微笑著對他點點頭。放下電話，發了一封郵件，然後一起下樓。

從他第一次說要到我住所附近的街道買麻辣燙，問我要不要搭「便車」一起，就經常在下班時等我。不過很多時候，他並不是去買「麻辣燙」。

我們之間似乎超越了上司和下屬之間的關係，像非常好的朋友，或者更多。下班的「便車」，中午一起吃午飯，很自然，有時和其他同事一起，有時只有我和他，談的最多的還是工作上的事情，彼此也都刻意保持著「看上去很美」的距離。

當我告訴他，願用自己的生命去換他的健康，他說感動，又說不值。其實，對於我，生命的意義原本就是把我能給予的全部都奉獻給我愛的人。我希望他勇敢，不要放棄，但那一定很難。他說看到生病的親人，心裡很痛苦；其實，那也是我看見他的心情。我知道，看起來再堅強的他，也需要人支持。而我，最多只是一個朋友，什麼也做不了。

電腦的右下角彈出一個藍色的窗口。

Tom：Hi

Kiki：嗯

Tom：MSN Space 出了問題，只看到妳寫的東西的一半

Tom：另外一半是什麼？

Kiki：你看的是哪篇？

Tom：新的

Kiki：現在是連不上

Tom：爛 MSN Space

Kiki：我也看不到

Tom：以為能從原作者那裡得到獨家

Tom：看來只有等囉

Kiki：昨天是在家裡的電腦上寫的

Tom：妳的「文章」真的滿吸引人的 :)

Kiki：是嗎？真高興

Tom：只好等 MSN 恢復正常囉

從最早一篇寫的影評日誌開始，我發現 Tom 竟然在看我的部落格，而且還在後面留言，說讀我的文字是一種享受，問我有沒有想過當業餘作家。我心想什麼業餘作家？只是一點胡言亂語，怎敢褻瀆作家這麼神聖的稱謂？不過，心裡還是高興的。有一次開會瞥見他在看我的部落格，會後又被他叫住，說〈愛情逃逸者〉那篇讀了三遍，第一遍沒看懂，又看了一遍，有點懂，再看一遍，覺得寫得「挺好的」。

下班後，公司的人漸漸少了，網路也穩定了，Tom 終於看到了那篇我寫的日誌〈可以愛你嗎？〉。

以為在「愛」與「被愛」之間選擇，她會選擇被愛，因為那樣可以掌握主動權，而且不會輕易被傷害。然而她卻忽視了自己愛的能力，那天在地鐵上把自己的一生做了賭注，然後像是命運的旁觀者，坐觀其變，中途她心裡也糾結過，該不該主動爭取，卻也始終坐在那裡。她曾在日記裡一次又一次告誡自己，不能愛，從故事的開始，就被淡淡的遺憾和悲劇色彩籠罩著，這愛太沉重，與其飛蛾撲火，不如選擇矜持；生命原本短暫，如這班地鐵，總有到終點的時候；也許放棄和矜持才可以延續這份愛戀的美麗……。

清晨與夜晚，半睡半醒之間，她讓他的影子和一切有關他的記憶包圍著，閉上眼，讓自己沉浸其中……。

Tom 在 MSN 上叫我去他的辦公室。不知是無意還是有意，他正在聽陶喆的《就是愛你》，「就是愛你，愛著你，有悲有喜，有你，平淡也有了意義；就是愛你，愛著你，甜蜜又安心，那種感覺，就是你。」

「有那麼慘嗎？」我進門時，Tom 關掉音樂，笑著問。

我並不知道他真的看懂了沒，問：「誰慘？」

「我們都挺慘的。」

難道他說的是我想愛不能愛的無奈，難道他也一樣不可救藥地愛上了我，難道……。

不知道哪裡來的勇氣，我一股腦把憋在心裡的話都說了出來，從第一次面試起就喜歡上他；到一起工作後欣賞和仰慕他；再到知道他生病後很難過，希望能做些什麼，願意拿自己的生命去換他的健康……。我很緊張，也很激動，說話的時候不敢看他的眼睛，只覺得已經豁出去，以後可能沒有機會了。

Tom 竟然伸出手來，跟我握手，說：「很感動。」

他的手很大，很溫暖，而我的手由於緊張過度，冰冰涼涼的。他緊緊地握了一下我的手，有一股強大的能量流入我的身體，彷彿一個巨大的擁抱將我包圍。

上海的秋天

上海的秋天是我們最喜歡的季節。在喧鬧的街道，總可以找到一個角落，彷彿一切事物都靜止一樣。看著黃色的葉子，在空中緩緩飄落，就連吹來的風也是涼涼的、甜甜的，整個城市都被一種浪漫的氛圍包圍著。我們就是在那個美麗的秋天開始交往的。

還好在聖誕夜，我們在地鐵上的偶遇，我說服了妳，最後妳來到了公司。妳也沒有讓我失望，妳是我團隊中最優秀的成員，一進到公司就很出色，在第一季，得到了全公司的優秀員工獎。在工作上，有時會遇到散漫的同事和難搞的客戶，妳跟我說過，妳都會用一種「士為知己者死」的心情，就像古代的俠女一樣，拿著劍幫我披荊斬棘，把那些人搞定。

我們的工作常常需要加班，很少有禮拜六不上班的時候。

那是被告白之後的禮拜六，那時是秋天。加完班後，我約妳一起吃晚餐，這應該是我們第一次正式的約會吧！我們去的餐廳就叫做 Moon River（月亮河），是一家很溫馨的美式餐廳。我們坐在戶外區。當天的客人不多，在戶外區只有我們這一桌。柔和的燈光，伴隨著上海特有的甜甜的風。我們聊了很多，妳告訴我大學時的故事，我也說了很多在美國讀書和工作的事，還聊起 Texas（德州）的 ribs（烤肋排）很好吃，margarita（瑪格麗特調酒）很好喝，我說到開心的時候，妳就坐在那裡，靜靜地看著我傻笑。

（陳大謀〈無論你去何方〉）

穿越千萬年的光

秋天的上海，空氣裡飄著甜甜的桂花香。一陣風吹起，地上兩片葉子被捲起來，在月光下翩翩起舞。

Moon River 是餐廳的名字，就是因為這個的名字，在 Tom 提議要為我慶祝生日時，我選了這裡。我們好像對透明的房子情有獨鍾，從濱江大道的寶萊娜，到張江大廈下面的 Subway，都是一樣高高的屋頂，落地的玻璃窗。我們喜歡坐在靠窗的角落，不被打攪地聊天，享受美食，欣賞風景。

這次，選了更透明的地方，星空是屋頂，空氣是櫥窗，坐在露天的桌子旁，藍色襯衣，粉色針織衫，也成了風景的一部分。不知道是那輪明月的光輝，還是餐廳裡的燈光，又或是星光的反射，兩個人的臉上和眼裡都閃著光，那光，穿越千萬年，交會；那光，將超越時空，一直閃耀。

「生日快樂！」

我驚喜地從 Tom 手中接過一個包裝精美的禮物和一本書。

「禮物是在機場閒逛的時候看到的，可以配妳那條銀灰色的長裙。」

他竟然連搭配什麼衣服都為我想好了。

「《眨眼之間》是爸爸病後的第一本書，想讓妳多了解一些發病初期的情況。」

眼前的人，如此靠近，一伸手就可以碰觸到。他的笑容是那麼迷人，聲音是那麼溫柔，跟他在一起，宛如天堂。

四獸山的山依然翠綠，窗外的陽光已照到病床的床頭，起身拉上了窗簾，把床頭搖到舒適的角度，我站在床的左邊，側身面向著他，舉起了透明的注音板，我們又要開始工作了。

陳宏必須正躺，把床搖高到我倆四目相望最合適的角度，把病房餐桌推進床中間，一張高腳凳放在身邊。我站在床的左側，左手舉著板子，右手拿著鉛筆，側著身，兩人心裡都準備好了開始工作。

我不停地念著數字，不斷地說著聲母、韻母，手不停地記下陳宏目光由盯著板子轉向看我時的那一瞬間的符號，直到告一段落，再坐下休息。

每拼出一個字，完成一句話，整理成一篇文稿，就自己肯定一次，高興一次，我真的可以做他的手、他的口，完成他的一次願力。

（劉學慧〈感念〉）

從二〇〇一年十月開始，Tom的父親陳宏老師就是在這樣的身體狀態下，「全身癱瘓，食不能嚥、口不能言，僅靠兩條管子，維持生命：一條由呼吸器通到氣切口（送空氣到肺部）；一條由鼻孔到胃部，供灌食之用。只剩下眼睛還可眨動」，透過這與人溝通的唯一管道，切切實實眨出一篇又一篇文章。

眨眼書寫的文字，最初不定期發表在《吾愛吾家》月刊、《中國時報》，次年在《人間福報》開設「瞬凍生命的樂章」專欄。根據報社的編輯說：「陳宏老師的專欄很少拖欠稿子，除了幾次進出加護病房，他幾乎是週週定時在『瞬凍生命的樂章』專欄上刊登。」當文章累積到一定的數量，Tom的母親劉學慧老師就四處聯絡，匯集各方善緣，整理成冊出版。

第一本《眨眼之間》於二〇〇二年底一經推出，引起相當的震撼，各媒體爭相報導，陳老師被稱為台灣版「潛水鐘」。二〇〇五年，第三本《頑石與飛鳥》出版之際，《人間福報》呼籲發起「送書到監所」行動，社會各界反應熱烈，近萬本的書送進了各監所。劉老師利用教育界人脈，聯結教育部「生命教育」資源，在時任漸凍人協會理事長、東吳大學中文系教授沈心慧老師的熱情支持下，啟動「讓愛傳出去——生命教育列車」計畫。十六年來，近百位病友、家屬加入生命教育講師的行列，前往全台機關、學校、社團演講，分享人生經歷與病後體驗，每年分享場次近二百場，觸及聽眾高達數萬人。

劉老師在文字裡也記錄了那時的辛苦與喜悅：「那一陣子幾乎每週安排一場的分享，我真的做陳宏的口、陳宏的手、陳宏的腳，從北到南，雖然辛苦，但每看到同學們的回饋，輔導老師們的認同，我的一點付出不算什麼，牆內的朋友，更需要我們的溫情……我希望能讓青春學子有所感受，哪怕是一點點感動，也是值得的。」

二〇〇三年，SARS爆發，陳老師從空總轉到忠孝醫院。劉老師在電梯裡與當時剛上任不久的院長邱文祥醫師巧遇，在她心中盤旋良久的漸凍人友善病房的構想，終於在對的時間、對的人齊聚之下，得以實現。經過一年多的籌備，二〇〇六年「祈翔病房」正式啟用。病房logo的靈感來自《頑石與飛鳥》，以鳥的符號，象徵病友身體雖被禁錮，心靈卻如鳥兒一般，祈盼飛翔。

旅行的起點

「我想趁還能自由行動的時候，
儘可能去想去的地方走一走，
妳願意陪我嗎？」

二〇〇六年夏天，我們從原本的公司辭職，大謀是合夥人，無法馬上抽身，等手上的工作交接得差不多，我們的旅行計畫就開始了。

普濟寺的荷花

大謀生長在佛教家庭，貼身戴著綠色的觀世音菩薩的玉珮，辦公室的桌旁擺著觀世音菩薩的聖像圖片，每逢初一、十五吃素。我們的第一個目的地就是觀世音菩薩的道場——普陀山，位於浙江舟山群島的一個島上。普陀山與山西五台山、安徽九華山、四川峨嵋山合稱中國佛教四大名山。不知是巧合，還是冥冥中注定，普陀之行，也為我開啟了信仰之門。

我們一早從上海出發，搭乘最早的航班前往舟山，抵達後，坐大巴到蜈蚣峙碼頭，再乘快艇到普陀山。上岸時，已近中午。那時候，大謀的左臂已經沒有力氣，右手容易疲累，腿和腳還算好，由於我是第一次到觀世音菩薩的家，所以我們決定步行上山。接近正午的太陽，熱辣辣的，照得人頭皮發麻，沒走幾步，全身已經被汗水浸透。

普濟寺是普陀山全山供奉觀世音菩薩的主剎，也是人們上山朝拜的第一個寺廟。雖然我曾去過法門寺、大慈恩寺、青龍寺，但都只是當旅遊景點遊覽。在普濟寺，跟著大謀燒香磕頭，竟然是我人生第一次禮佛。小時候家裡有佛堂，大大小小擺著七八尊菩薩，大多是銅或鐵鑄的，非常粗糙，奶奶當成寶貝，不許我們小孩子靠近。她每天早晚都會跪在那裡，跟菩薩說很久的話，除非天塌下來，否則不准任何人打攪。我跪在蒲團上，仰望著慈眉善目的觀世音菩薩，覺得很親切。

從普濟寺出來，門前是大大的池子，正逢荷花旺季，簇簇綠葉，烘托著亭亭玉立的花朵，不喜、不悲，花季到了便綻放，花期過了不眷戀，其中大概已經蘊含了無限禪意。生在菩薩門前真是有幸，不僅朝朝聞鐘，暮暮聞鼓，還能日日聽經，時時聞香。你看，坐在樹下，湖心亭邊的遊客，也羨慕寺前的一草一木，他們或閉目、或遠眺，表情祥和，彷彿已經超脫世俗，化成一株植物。為了這片刻的寧靜，即使路途再勞頓，也是值得的。

第二次一起去普陀山是一年後，大謀的左腿開始不太靈活，不能走太多路，我們乘坐巴士，去了普濟寺、法雨寺、慧濟寺、不肯去觀音院、紫竹林。最後一次去普陀山是二〇〇八年夏天，姐姐與女兒到上海看望我，我帶著她們從上海搭輪船前往，在山上住了一夜，第二天一早開始朝山，沿著我和大謀前一次的路線，一一走了一遍。

Stand by you

讓心篤定

納西族傳說

麗江，我們一共去過兩次。大謀說麗江之所以吸引他是因為那份神祕感，不過，神祕感到底是什麼意思，他也說不清楚。我想了想，可能與愛情有關吧。

去麗江之前，大謀便跟我講述了有關雲杉坪的殉情傳說。納西族是一個很浪漫的民族，崇尚自由戀愛，但是他們的婚嫁不自由，為了反抗家長不適合的婚配，相愛的男女相約去雲杉坪殉情。傳說，殉情之後，靈魂會到達「玉龍第三國」，在那個國度可以擺脫世間的煩惱，享有理想的愛情，得到永生的幸福。

「好美！我們也去殉情吧！」我提議。

大謀笑笑，說：「要真能那樣該多好！」

想像中，殉情的地方是一個懸崖，相愛的男女手牽著手，走到懸崖邊，親吻擁抱，相視而笑，一躍而下。靈魂在軀體墜落山谷的途中飛離，緩緩升入傳說中的國度。浪漫的情節難道不該是這樣嗎？

從玉龍雪山錦秀谷白水河旁，坐纜車到達海拔三千二百四十公尺的雲杉棧道。沿著杉樹林中木板架起的棧道前行，一片開闊的草坪出現在眼前。原來這是一個天然的牧場，地勢平緩起伏，周圍散落著一棵棵低矮的松樹，背後依靠著正是玉龍雪山。

大謀走累了，坐在路邊的木柵欄上休息。他抬頭仰望著雪山和天空，不知道是不是在想像開滿野花的季節，蝶飛蜂舞的景象。五月，草地上還沒有野花，一大片碧綠的草原，好寧靜。

微風拂面，挺拔的雲杉樹葉沙沙作響，它們是在講述著古老的傳說嗎？原來，想像中十分悲壯的殉情竟然如此平靜，食野草、飲露水，躺在花叢中，看著天空，一起走向生命的盡頭。這種迎接死亡的方式又何嘗不是另一種悲壯？用時間來消磨肉體，兩個至死不渝的靈魂才更顯得可貴吧。

心定 讓篤

第二次去麗江是二〇〇八年五月，帶著大謀的母親，前一年我們已經在新加坡見面，我跟著大謀開始稱劉學慧老師為「媽咪」。我聯絡到第一次當地陪的納西族司機，他為我們買到《印象麗江》VIP票。從專門的通道上去，大謀的雙腿已經不太自如了，上下台階都不方便，服務人員從旁協助攙扶。我們的位子正對著玉龍雪山，晴空下，漂浮著朵朵白雲，成為天然的幕布。演員是當地居民，他們之前沒有接受過任何專業訓練，原生態的表演，特別能感受到當地文化的質樸，天人合一的感覺。

看表演時，我完全沉浸在震撼人心的演出中，粗獷的舞蹈，發自內心的吶喊，盪氣迴腸的歌聲，一對男女，騎著一匹白馬，向前來送行的親友揮手永別，他們要去雲杉坪殉情。我哭了，為那對執著愛情的青年感到不捨，也為他們身後的父母手足失去至親而惋惜。

當所有觀眾起身，伸開雙手祈福時，做著同樣動作的我又哭了，想起了身邊的人，我最大的願望就是希望他健康。轉身，看見大謀坐在原地，伸出右手，努力向上舉，我走到他身後，把他的左手向上舉，我的臉上掛著兩行淚，多麼希望在這神聖的土地上，最接近天空的地方，有神明聽見我們的祈願！

撐住我

旅行的計畫堅持了兩年多，我們登上過長城，看過香山的紅葉；在姑蘇城外的寒山寺懷古，在雲杉坪的定情石旁留影；在雨中乘著烏篷船遊過紹興古鎮，在聖淘沙聽著音樂度過海邊的聖誕節；在亞龍灣的晨曦中看日出，在西安登上千年古剎大雁塔。

第二次去麗江時，大謀發現自己的左腳更加沒有力氣了。就在準備搭纜車前往玉龍雪山的冰河公園時，他放棄了。看到那轉動的纜車並不會停下來載客，他第一次對這用了三十多年的身體少了信心和掌控感。

大謀依舊保持定期回台北看望父母親的習慣，那時兩岸還沒有直航，上海與台北之間必須經第三地轉機。為了輕裝旅行，大謀換了最輕的行李箱與筆電。雖然兩地之間的實際距離很近，但因為要繞路，單趟就要在路上耗費一整天。在台北期間，大謀每天都會在電話上倒數還有幾天可以見面。到了返回的那天，我會去接機，早早在接機口等他，讓他一出來就能立即看到我。

穿著大謀最喜歡的短裙站在接機口，熱切等待熟悉的身影。我從不會錯過他，他是那麼高大，在人群中那麼突出，不管多麼遠，不管人再多，我一定能一眼就看到他。可是，當出口的人越來越少，卻遲遲沒看到熟悉的身影。

我拿起電話，正準備問他在哪裡，就在這時，有個聲音從背後傳來：

「Kiki」。

我轉身望去，吃驚地發現大謀坐在輪椅上。那輪椅太小了，人像是被卡在兩個扶手中間。他新理了頭髮，剪得太短了，看起來比實際年齡大，不過，那笑容是我熟悉的，依舊那麼燦爛。

但是，對於迎接的是坐在輪椅上的他，我毫無心理準備，輕聲地念：「你沒有說要坐輪椅啊！」我一身清涼地打扮，背心、短裙，只因為他喜歡。可是，我不知道怎麼接受這突然的事實。我強擠出微笑，跟幫忙的機場工作人員一起把他從輪椅上扶起來。我一手拉著行李箱，一手緊握著他的手，慢慢挪動到搭計程車的地方。

休息了幾日，大謀說想去我們第一次約會的大拇指廣場吃晚飯。不記得月色如何，燈光怎樣，菜色什麼，整頓飯我全部的心思都在他身上。自從大謀前一次回台北，夜裡起床時從床邊摔倒後，他整個人彷彿突然變弱許多，右臂和左腿明顯更沒有力氣，吃飯的時候，必須把身體靠近餐桌，費力地抬起右手，才能把食物送入口中。

從餐廳出來，跟往常一樣，大謀拉著我的手。廣場邊上有點暗，我還沒有反應過來，大謀的腳下好像被什麼東西絆到，我也被扯了一下，他就整個人重重摔到在地。我趕緊問他有沒有受傷，一邊伸手去拉，想把他從地上拉起來。

「你拉不動我！」大謀嚴肅地說，並命令我到附近找有力氣的男生幫忙。

我慌亂中，跑向人群，找來幾個熱心的人，大家七手八腳準備把大謀從地上拉起。大謀異常鎮靜地指揮，讓一位男士先從他的背後把他扶到坐姿，再撐住他的身體，然後，一起用力站起來。

面對眼前發生的一切，我感到束手無策，一種深沉的無力感籠罩在心頭。

愛的含義

二〇〇八年三月陪著大謀到西安旅遊與拜訪我的父母，返回上海後，有一天晚上到家，發現手機有好幾通未接電話，都是爸爸打來的。

回撥爸爸的手機，聊了幾句，爸爸突然說：「妳應該讓謀回台灣！」

我一頭霧水。一起去西安前，爸爸媽媽前一年到上海就見過大謀。雖然聽我說過大謀生病了，但是他們對於這完全陌生的疾病，大概以為就是手有些不太方便。大謀誠懇、有禮貌，看起來是可以託付和信賴的，他們應該已經接納他了。在西安，大家都很喜歡大謀，連五歲的外甥女都覺得大謀叔叔像可愛的熊熊。只是，爸爸媽媽看到大謀吃飯時有點費力，私下關心地問我：「這個病，怎麼（退化得）這麼快？」

「謀的家人都在台灣，你們兩個人在上海沒依沒靠，連看醫生都沒有熟人⋯⋯」，爸爸在電話另一頭繼續說著。

那段時間，大謀的身體逐日變差，累積在我心中鬱悶，被爸爸一句句不理解的話激起，我在電話另一頭嚎啕大哭起來。

聽到我哭了，爸爸有點不知所措，把電話塞給媽媽。最後，還是在媽媽的勸慰下，我平靜了下來。媽媽說，自從我們去了西安後，原本喜歡睡懶覺的爸爸每天很早醒來，坐在床邊嘆氣，他們都知道大謀是個好人，可是這病……，他們不希望眼睜睜看著自己的孩子往火坑裡跳。

當晚，我在日記裡寫下一段話：「愛的含義究竟是什麼？也許，我追求的一直都擁有，其實就是不離不棄，內心堅定，不是迫不得已的責任，而是做了才覺得完整。我不知道想要什麼回報，只知道，心裡想這麼做，就這麼簡單。」

二〇〇八

二〇〇八年一月，陳宏老師眨眼創作出版的第五本書《苦，也是一種豐富》的發表會上，總統候選人馬英九先生為陳老師頒發「眨眼出版字數最多」金氏世界紀錄證書。當時，馬英九先生正處在綠卡風波之中，陳老師現場用眼睛拼出「撥雲見日」四個字回贈。之後，馬先生果然旗開得勝，高票當選，兩岸關係進入新的里程碑。

五月十二日，汶川發生8.3級大地震，遠在上海都有震感。家裡陽台上裝了「小耳朵」（衛星天線），可以收看台灣的節目，五月十八日晚，電視直播「把愛傳出去」四川賑災募款晚會，除了各界名人、藝人紛紛現身，總統當選人馬英九與夫人周美青也出現在現場擔任接電話的志工。最後，台灣總共為汶川地震捐贈七十億台幣。那時，我還未踏上這個島嶼，原來我深愛的人生長的地方，是那麼地有愛。那一刻，我覺得離她好近、好近。

很巧的是，大謀在台灣紅十字會工作的大哥，正是進駐四川，參與汶川災後重建工作的重要成員之一，之後幾年，他常常往返於大陸和台灣，那也是兩岸交流最密切的時期，他不僅帶領台灣官員視察汶川重建工程的進展，也多次接待來自大陸各地官方和民間的參訪團，把台灣在國際急難救助的經驗分享出去。

伴你飛

謀謀：早安

昨晚回家和姐姐談及你。

粗心的媽媽最晚發現你的健康亮了紅燈。

知道你孝順，不要我擔心，但既已知情，我要和你一起走過。

告訴媽媽看過醫生嗎？是肌肉？是筋骨？還是神經？醫生怎麼說？

等你整理好思緒。

昨夜睡了一覺，晨四時就闔不上眼了，我自責，真不是個好媽媽。

媽咪 晨 7:10

「媽咪，我也中標了！」

謀生病的事情瞞了爸媽快兩年。

有一次，爸爸的病房來了小朋友，媽咪讓謀打開糖果罐拿巧克力。原本簡單的動作，對只剩下右臂能動的謀來說簡直比登天還難，尤其是要當著那麼多人的面。眼尖的看護彭彭姐發現，為謀解了圍。

之後，謀一個人去榮總做檢查，刻意避開爸媽認識的醫師，掛了一位彼此都不熟悉的醫師門診。

其實，媽咪老早就發現謀的左手不太對勁，可謀說是打球傷到。

謀每次回台北待的時間不長，再次回來又過了好幾個月。日漸瘦削的左肩，明顯變形的左手，再也瞞不住了。

媽咪沒有直接問，只是納悶如果打球受傷，過了這麼久也該好了啊。她擔心，但不敢多想，糾結了一個清晨，還是給謀寫了一張紙條（我至今保留著十五年前的這張紙，寫在一頁傳真紙上，紙面泛黃，還有些溼氣留下的斑點）。

謀看完爸爸，從病房出來，等電梯時，靠在牆上，他開口前，淚先滑落。

「媽咪，我也中標了！」

整日行程滿檔的媽咪，一下子沒有反應出來，追問：「中什麼標？」

「跟爸爸和姐姐一樣。」

一切來得太快，太不真實，她繼續問：「有沒有檢查？找哪位醫生？醫生怎麼說？」

媽咪伸手抱住淚流滿面的謀，他是那麼高大，那麼健壯，還有，他，還那麼年輕、那麼年輕。淚水從她的眼中湧出。

謀是家裡最小的小孩，也是媽咪最疼愛的孩子。生前兩個孩子的時候，她才二十歲出頭，還不懂怎麼帶孩子。謀是坐在她車子的副駕駛位長大的，從小學開始，每天上班順路載謀去上學，直到謀上大學不好意思再讓她送。也許因為這種最親切地交流，謀在各方面深受媽咪的影響，為人處世也最像她。

可是，愛得越深，痛也就越深。先生、女兒相繼生病，她痛心，但很快認命，重心立即從職場轉移到家庭，不久後，開始參與漸凍人協會、佛光山教師會、讀書會，除了原本的朋友圈，生活與精神上又有了更多支撐的力量。而當最最疼愛的孩子竟然也中標的時候，她，早已無比堅強的她，突然沒有了堅強的理由。她不僅感到心如刀割，還有比痛更深、更劇烈的，她自責，悔恨自己把無辜的孩子帶到這個世界，讓他承受伴隨疾病而來的無盡的苦，她無數次在法會和佛堂懺悔，還偷偷地跟菩薩說願意代替孩子受一切的苦痛。

那一年，漸凍人協會組團出席在日本橫濱舉辦的國際漸凍人協會聯盟大會，為了讓更多人了解眨眼寫書的台灣漸凍之光陳宏先生，還精選文章，翻譯成日文和英文。謀受邀參加，並代表在大會上演講。工作人員幫忙報名，問謀以什麼身分參加，他毫不猶豫地回答：「病友。」

媽咪聽到雖然難過，但為這逆來順受又無畏的孩子深感驕傲。謀真的最像她，「我以為謀謀會以家屬的身分參加，他真的好勇敢！」

當謀的身體越來越不方便，媽咪擔心他在上海的生活，謀第一次告訴她自己的世界有一個女孩，這個女孩就是我。媽咪立即讓謀撥電話給我。有了第一次講電話，就有了第二次、第三次，然後，謀覺得到了我和媽咪見面的時間。

幸福之岸

二〇〇七年聖誕夜，我和謀坐在印度洋的小島上，吹著海風，聽著音樂，但這個畫面並不完整，我們旁邊還有一個人，也正因為這個特別的人，這次旅行才更加特別。

在前往機場接媽咪的路上，我的心情還有點忐忑，但媽咪一看到我就給了我一個大大的擁抱。讓我覺得我們好像並不是第一次見面，而像是分開了很久的親人，很親切。

在新加坡的幾天，我們相處得不錯。三個人在一起的時候，我們的焦點都在謀的身上。關心他喝水，吃東西。謀在房裡看電腦或者休息的時候，我便和媽咪下樓散散步或者去泡 SPA 池，聊聊台北家裡的事情和謀的八卦。

聽媽咪說她上一次來新加坡是幾十年前的事情，帶國樂團出國表演，並沒有來過聖淘沙。規劃此次行程且擔任臨時嚮導的謀介紹聖淘沙以前是英軍的軍事基地，新加坡政府收回後建成了度假勝地。島上有很多東西可以觀看，前一年，已經遊覽過聖淘沙的我們決定帶媽咪來一次發現聖淘沙之旅。

坐著免費的巴士，在島上一個又一個景點之間穿行。路上不時看到孔雀，有的閒庭信步，有的在泉邊悠閒地喝水，絲毫不被遊人打攪；阿拉伯人坐在樹下，吹著笛子，引蛇舞蹈，悠然自得；驚險刺激的4D電影，從頭到尾一直尖叫，實在過癮；栩栩如生的新加坡萬象館，像是穿越時空隧道，聲光色的搭配極佳，偶爾看到坐在一邊打盹兒的保全，我被嚇一跳，不知道是真人還是蠟像，感慨一代又一代的勤勞，小小的漁村竟然變成一個現代化程度極高的花園式國家；最後登上魚尾獅塔，塔頂360度全視角，新加坡的風景一覽無餘。

謀真是一位稱職的導遊，白天探索聖淘沙的行程富有動感，聖誕夜的安排，溫馨又浪漫。我們先去克拉碼頭享用聖誕大餐，坐在用船改造而成的餐廳裡，微風吹過，感覺船行海上，謀是船長，指揮著水手，載著生命中兩個最重要的女人——媽咪和我，駛向幸福彼岸。喝上一口酸柑水，酸酸甜甜，竟有微醺之感，對岸的燈火和路邊的行人，變得搖晃起來。

還在搖晃的我，被謀拉著手，走在碼頭上，我在心裡問，我們到了幸福之岸嗎？為什麼不遠處在賣哈根達斯？而且謀已經為我點了萊姆葡萄配香草口味，上面還灑了我最喜歡的開心果仁。我們三個人都握著甜筒，像孩子一樣，邊走邊吃。

謀事先做好功課，說烏節路的燈很漂亮。也許那就是新加坡的「雪」，放眼望去懸掛於繁華街道旁的高樹之上，幽幽藍光，閃爍著。

欣賞完新加坡的「雪」，返回聖淘沙時已近午夜。一走進寬敞的酒店大廳，涼爽的海風一下子就把我吹醒了。眼前是一棵巨大的聖誕樹，裝飾著藍色的小燈，像覆蓋著一層發著幽光的雪。我們坐在聖誕樹下，正對著開放式酒吧，穿著聖誕紅的菲律賓樂隊正在演奏歌曲。

夜漸深，海風吹進大廳，和著音樂聲，吹成了一片記憶……。聖誕夜，沒有精靈，也沒有天使，更沒有奇蹟，但最純淨、最靠近的心靈，就能創造出最美麗、最動人的故事。

「除了妳，沒有別人！」

親愛的媽咪，

最近一切都好嗎？

從澳門回來有好幾個星期了，公司年底拜訪客戶、整理帳務，社團主席工作交接、年底回顧，終於處理到了一個段落，剛才整理了一下我們在澳門的照片，挑出幾張不錯的發給媽咪留紀念，媽咪的每一張照片都好美喔，像明星！

我和謀謀在上海挺好的，天氣變冷了，不過家裡總是暖和的。天氣好的時候，我會和謀謀去世紀公園遛狗狗，附了一張謀謀和狗狗的照片，照片裡遠處的房子可以看到我們住的樓:)

媽咪年底的事情一定也很多吧?辛苦媽咪啦！謀謀說台灣的空調不能制熱，媽咪可要多穿些衣服，保暖啊！

今天先寫到這裡啦，向爸爸姐姐問好！祝大家聖誕節快樂，新年快樂！

這是二〇〇八年聖誕節前我寫給媽咪的email，並沒有提到我們從澳門回到上海的第三天謀求婚的事。

和媽咪在新加坡第一次見面後，五月媽咪飛到上海看我和謀謀，我們三人一起去了一趟麗江，十月媽咪再次飛到上海，帶了她和爸爸的《金婚紀念冊》。這一年剛好是媽咪七十歲生日和與爸爸結婚五十週年紀念日，親朋好友為他們製作了一本精美的紀念冊，記錄了媽咪七十年人生和她與爸爸牽手半世紀的婚姻。同一個夏天，媽咪當選為漸凍人協會第六屆理事長，除了挑起一個家，她還接過更多同病相憐的家庭，這到底要有怎樣的勇氣與願力啊！看著眼前這位女性，我親切地稱她「媽咪」，而她更像一本好厚好厚的書，要慢慢翻閱，細細品讀。那時的我，並不知道，就是眼前這個人，將在接下來十年甚至更長時間成為對我影響最深的人。

十一月底，我們相約在澳門見面。我從上海飛，謀和媽咪從台北飛。出發前，我訂了一棵聖誕樹，花了半天時間布置起來，小燈一閃一閃，希望謀回家看到時可以感受到愛和溫暖。

在澳門的幾日，謀的移動都需仰賴輪椅，我則是推輪椅的那個人，這點小辛苦讓我無心享受旅行的快樂。期間的短暫分離，敏感的我發現謀腿部的力氣更弱了，從台北帶來的馬桶增高器更高了。

從澳門回來的第三天是禮拜六，打算把手上的工作先放一邊，休息一下，順便調整不太寧靜的心情。

中午剛過，樓下的門鈴響了，從對講機裡看到一群好朋友，手裡捧著一大束玫瑰。

就在我開門的時候，謀已經從書房慢慢挪動到客廳，手裡拿著一個深紅色的絲絨小盒子。

我完全是錯愕。不希望在一群好朋友面前讓謀和我都難堪，但是

——我的心，真的好虛弱——我還沒有準備好——我不能接受——

我想找個合理的藉口，但是腦子裡一片混亂，乾脆躲進書房。朋友們輪流來勸我，最後，謀也進來了，手裡還拿著那個小盒子，他真誠地望著我，說：「對不起！」

勉強送走朋友們，我的腦子仍然很亂，謀也躲進了自己的書房。天漸漸黑了，屋子裡暗了下來，我走出房間，敲開謀的門。他的面容平靜，但眼睛上蒙著一層遺憾與感傷。我說想下樓走走。

下了樓，在冷風中沿著世紀公園外圈的小路一直走。上海的深冬，我只穿了一件謀從美國帶給我的 Texas 外套，並不覺得冷，只有風吹到臉上時覺得刺刺的。

我在心裡不停地問：「怎麼辦？我要怎麼面對謀？」

腦海閃過他越來越艱難的身影和躺在床上的樣子……。

「還有誰可以陪謀？」

想到了媽咪，但是，她已經很辛苦了……。

我不停地問：「還有誰？還有誰？」

一個聲音對我說：「**除了妳，沒有別人！**」

除了我，沒有別人？

是的，除了我，沒有別人！

這個聲音越來越強烈，越來越堅定。不知不覺中我已經走了很遠，於是立刻掉頭，拔腿就跑，衝回家。

我的額頭上都是汗水，對謀說：「你願意再求一次婚嗎？」

他眼睛泛著淚光，笑著說：「好！」

謀正打算說已經準備好的誓詞，我制止了，「可以到聖誕節再求嗎？」

謀伸出右手，把我攬入懷中說：「好！」

第二次求婚很簡單，在擺放著聖誕樹的客廳，謀擁著我說：「親愛的老婆，曾經說過要好好照顧妳、保護妳，謝謝妳給我這個機會讓我實現對妳說的話。」

跨年

「親愛的我最愛的兩個乖孩子，新年快樂，希望明年跨二〇一〇年，我們三人可以在台北看跨年煙火。媽咪。」

二〇〇八年的最後一天，媽咪傳給我的這條簡訊我一直保存著。

二〇〇九年一月二十日，美國首位黑人總統歐巴馬宣誓就職，二十六日大陸送給台灣的大熊貓團團、圓圓在台北市立動物園亮相，二十七日，謀三十九歲生日。就在為謀製作完生日禮物〈你最珍貴〉短片，熱心的哥哥在除夕前一夜為我整理筆電時，硬碟突然壞掉，他花了一個晚上，試圖修復，但失敗了，硬碟上的所有檔案丟失。雖然第二天找到一家願意幫忙的電腦醫院，不過，最終只能找回一部分資料，有些永遠消失了，包括我們去澳門的照片。

不知這是否意味著我的人生即將翻開全新的篇章？春節假期，有一天早上媽媽醒來心情沮喪，她說夢到我被人架上了飛機帶走了，她說不希望我去台灣。

二〇〇九年二月九日，農曆正月十五，元宵節，我和謀在上海登記結婚。

二〇一九年二月九日，謀口述，我記錄下這樣一段話：

「十年前的今天，上海天氣陰沉沉的，很冷，還飄著小雪，但我的心暖暖的，我們在上海涉外婚姻登記處登記結婚。謝謝有妳的陪伴，讓我在這個不確定的世界，有一種安定的感覺。」

二〇二〇年二月九日 11:19pm

謀紅著眼眶跟我拼注音：「ㄉㄨㄟ」

我問：「對不起嗎？」

謀眨眨眼。

我的淚也湧了出來，俯身親謀，問道：「哪件事？」

謀用唇語說：「全部。」

謀表示要繼續拼注音，眼神中閃著光：「ㄎㄨㄞ」

我問：「你是說結婚紀念日快樂嗎？」

謀眨眨眼，用唇語說：「抱抱。」

海未枯　石未爛

當飛機從台灣海峽上空飛過時，我想起公公陳宏老師的一組名為〈海也未枯，石也未爛〉的攝影作品，共有四幅照片，取景於不同的海岸，畫面以海水和礁石為主體，每幅圖的結構與色彩都不同，在組合時又巧妙運用尺寸變化，搭配出超越視覺更耐人回味、更持久的心靈震撼。之所以想起這組作品，並不是在幾千英呎的高空，穿越雲層看見了蔚藍幽深的大海，而是總禁不住想問，到底是天塹還是意識形態的隔閡，有些溝怎麼可以更深，有些距離怎麼可以更遙遠。當我一次次升空，飛躍海峽，往返於兩岸時，真有點說不清楚，到底是離家還是回家。

好好過

如果說戀愛是兩個人的事，那麼結婚就是兩個家庭的事。

爸爸是第一個反對我和謀交往的人，也是在我們登記結婚後，第一個打電話給我的人。

手機響起，看到顯示「爸爸」，我有點不知所措地接起。

「聽妳媽說你跟謀昨天登記，順利嗎？」

「順利。」

「以後就好好過。」

爸爸的話向來不多，不知道他是怎麼想通的，但聽到他的這句話，我感到開心和踏實。

掛上電話，對謀說爸爸主動打電話關心我們登記順不順利。謀開心地說：「終於得到雙方家庭的支持了，覺得很幸福和幸運。」

我和謀都不喜歡太形式的東西，例如：婚禮。登記後，就跟爸媽說不辦婚禮。只邀請幾位最好的朋友到家裡一起吃披薩，並準備了費列羅金莎巧克力作為喜糖送給大家。為了這次聚餐，媽咪特意提前飛到上海陪我準備，還帶了據說深受大陸旅行團喜愛的第一名鳳梨酥。二〇〇九年初放寬大陸居民赴台旅遊申請資格，身邊很多朋友都以台灣為境外旅遊首選目的地。

在上海幾日，媽咪除了陪我買東西，布置屋子，一有空檔，就忙著準備即將舉辦的《自在的少水魚》新書發表會，這是爸爸病後的第六本書，雖然已經有辦過多次的經驗，但很多事她依然親力親為，所以每次仍有許多細節需要費心。

謀從我們結婚登記後不久，開始接受一種中醫療法，這種療法源於以前給皇帝用的藥浴，但受限於客觀條件與經濟考量，只能簡化成足部藥浴。為了將兩隻腳和小腿全部浸入所需的藥汁，就要用大量的中藥材熬煮。為了煮中藥，家裡添了兩口三十八公分的大鋁鍋，早上五點多先把兩麻袋的藥材分別倒入鍋裡浸泡，約一個小時候後，放在瓦斯上煮，當鍋裡的水只剩一半時，第一次煮好，倒出，加水，再繼續煮第二次，煮完三次後，天已經快黑了。用煮出來的藥汁泡腳，泡三四次後，藥效會減弱，又需煮新的，所以，每過三四天，就要有一整天來煮中藥。

為我們配藥的中醫說「漸凍症」是痿症，需用大量的溫熱性藥材讓身體暖起來進而「融凍」，再搭配煎藥補氣，並外用珍貴藥材泡製的藥酒擦拭脊椎「以毒攻毒」，多管齊下。聽起來頗有道理，姑且一試，畢竟，面對這病，西醫還束手無措，口服藥物銳利得（riluzole），大陸稱力如太，是一種麩胺酸阻斷劑，副作用極強，只能延緩呼吸衰竭幾個月而已。但就煮藥浴用的藥汁這件事，是件耗時、耗體力的大工程，需要有專人協助。即便如此，一整天下來我還是感覺累斃了。這套中醫療法一直持續用到回台灣，把帶回的藥材用完，原本想在台北配製，詢問家附近的中藥鋪，價格之鉅令人咋舌，還有幾劑關鍵成分需向大陸供應商先詢價、等報價確認後再進口，最後只能作罷。

一日中午，在上海家，媽咪與我聊天，她突然問我：「謀謀之後要氣切嗎？」

氣切就是當一個人沒有力氣自己呼吸的時候，醫生在氣管處切個小口子，用一根管子把人和呼吸器連接起來，靠呼吸器送氣來維持生命。連用想的就覺得很恐怖，也難怪這是我和謀之間的禁忌話題，而且那時的我，對於氣切的認識非常有限，只在我們剛開始交往時，謀帶我去華山醫院看望過一位氣切的漸凍人，那人曾是台灣歌星，皮膚白而細膩，看不出年齡，眼睛又黑又亮。

我心想太早了吧，說：「謀不願意談這個話題，之前說不氣切。」

媽咪停頓了一下，說：「要找機會討論。」

當晚，我就跟謀說，媽咪問了這個問題，謀有點不高興：「不用討論，不氣切。」

那時候的我，真的還太年輕，並不明白，我們三個人之間已然存在的微妙關係。媽咪深知這場病的辛苦，她的先生與女兒都已氣切多年，身心承受的苦非常人能夠理解，但爸爸有媽咪、有寫作支撐，姐姐有姐夫，有兩個未成年的孩子是希望，而謀呢，承受苦難的動力是什麼？辛苦活下去的理由是什麼？氣切，這麼重大的決定，不是她作為母親能幫孩子決定的，她當然希望能一直看到孩子，但是，不能只是因為自己，就讓孩子承擔所有的苦痛，這樣太自私了。而今，兒子遇到心愛的人，也走入了婚姻，這當然是不幸中最幸運的安排。

媽咪非常講究禮數，她雖然尊重我與謀決定結婚相關安排一切從簡，然而去西安親自拜訪親家公、親家母的環節，堅決不能省去。但是，這一年恰逢她擔任漸凍人協會理事長，又是兩岸民間交流相較以往最密切的一年，忙完爸爸新書發表會，又開始為六月二十一日「全球漸凍人日」在台北首次舉辦兩岸論壇的事情忙碌。六月初，媽咪飛到上海，除了拜訪當地漸凍人團體之外，留出一天時間和我飛西安，與西安爸爸媽媽正式見面。謀的身體已經無法負荷這樣的飛行安排，只能乖乖留在家裡等我們。

兩黨會面

爸爸很重視這次見面，他沒有直說，但有一天突然打電話給我說，正在給親家選禮物，想送有地方特色的，我開玩笑說：「兵馬俑咱可能送不起啊！」

爸爸說：「我在藍田，正在挑玉，看上兩款，妳幫忙選一個。」藍田是西安市下轄的一個縣，距離市區約五十公里，是藍田玉的原產地，李商隱〈錦瑟〉中「滄海月明珠有淚，藍田日暖玉生煙」的詩句，讓藍田玉聞名天下。天秤座的爸爸問天秤座的女兒二選一的問題是得不到答案的，我接收到的是他的喜悅。只是，枉費爸爸的一片心意，在兩親家見面時，我看到這件藍田玉擺件，裝在一個專門的皮革製手提箱，至少有好幾公斤重，若要先拎去上海，再帶到台灣，勢必要隨身攜帶，我面有難色。媽咪對爸爸的眼光與用心讚揚一番，還是由我開口婉拒，媽咪禮貌地說：「禮物我收下了，麻煩親家公、親家母代為保管，屈穎下次回來再帶到台灣。」我對媽咪擠擠眼，真是又好氣又好笑。爸爸至今把這件禮物用棉紙層層包裹，用心保管著，有好幾次在我回西安的時候拿出來，但我並沒打算扛回台北家。

與親家的這一餐，爸爸媽媽慎重地選在西安飯莊。這家建於一九二九年的飯店，又是一個充滿典故的地方，最有名的要數西安事變後，周恩來曾在此宴請張學良、楊虎城等愛國將領，據說這餐飯為「停止內戰，一致抗日」立下絕世奇功；之後，各國元首訪問西安，也都在此設宴。待大家入座後，爸爸說：「連戰、宋楚瑜、吳伯雄來西安，也是在這裡接待」。我這個無黨派人士，看看一邊的共產黨爸爸，一邊的國民黨媽咪，偷偷一笑，再看看哥哥姐姐已經幫忙點了滿桌的西安小吃當開胃菜，金線油塔、羊肉泡饃、油酥餅、葫蘆雞、臊子麵、黃桂稠酒等等，服務員還在不斷端熱菜上桌，正在醫學院讀博士的哥哥舉杯，說：「以茶代酒，歡迎劉阿姨！」

我們當天必須返回上海，「兩黨會面」只能利用午餐時間倉促進行，不過，看起來卓有成效。國民黨代表在共產黨代表的盛邀下，答應再次來西安，實地考察當地人民的生活。共產黨代表也在國民黨代表的力邀下，表示要踏上寶島台灣，親自感受福爾摩沙的人文風情。這項共識的達成與日後的實現，姐姐功不可沒，她是我們家最伶俐的，坐在媽咪左手邊，熱情地招呼，還說：「劉阿姨下次來，一定要好好住幾天，我當地陪，除了帶您逛逛附近的名勝古蹟，兵馬俑、華清池、法門寺、大雁塔、小雁塔、鐘樓、鼓樓，再帶您到回民街嘗嘗地道的美食。」

回到婆婆媽媽身上，兩位母親並無太多時間拉家常，一有機會，只看見兩人手拉著手，親密地說著話，不知說到什麼，兩雙眼睛裡都泛著淚光。

匆匆用餐完必須返回咸陽機場，趕回程的班機。爸爸開車沿著城牆繞了一圈，媽咪張望著窗外，感慨西安雖然並不是自己生長的地方，但如此熟悉、親切，她說：「之後一定要再來，住幾天，品嘗親家母的好手藝。」

台北蒙太奇

在上海登記結婚的第二天，就開始準備超級繁瑣的入台手續，終於趕在五一勞動節假期前幾天，從上海先飛香港領入台簽證，再轉機飛到桃園，經過漫長的國境線上面談，才真正踏上了這片島嶼。

從機場出來，已近午夜，溼熱的空氣中嗅不到海的氣息，車子行駛在高速道路上，寧靜的夜，只看見空中的繁星與遠處閃爍的燈光。並不覺得這是被水環繞的島嶼，反而覺得是陸地延伸出來的神奇之土，在土地的盡頭與天空相接。

初次來台北的十天行程滿檔，去區公所辦理結婚登記、去移民署辦理多次探親簽證、去醫院看望爸爸、試婚紗和禮服、拍婚紗照、選照片、在姐姐的安排下拜了三場水懺法會。一個個場景在我的腦海裡變成了一幀幀圖片，拼成了台北初印象的蒙太奇：一家人穿著我設計的少水魚白

T恤拍大合照；帶著欣喜，一盒盒打開媽咪帶回的宵夜，大腸麵線、雞捲、紅糟肉、臭豆腐、甜不辣、鹽水雞、滷味、燒烤、刈包、牛雜湯，每種食物獨特的香氣與口感對於味蕾都是新奇地體驗；在只有我一人參加的法會上，三位主法法師，誦著我看不懂、聽不懂的經文，我不時跟丟，好慚愧；爸爸的病房明亮而溫馨，媽咪倚在床邊，用透明的板子與爸爸拼字；在姐姐有點昏黃的臥室，看護快速地翻譯著姐姐用眼神傳出的訊息……。

不同於以往任何一次旅遊或度假的經歷，也許，因為已經有個家在這裡了，也許，這是謀最熟悉的地方，他並沒有急切地想帶領我去探索和發現，而我也像以往一樣，跟著他的節奏，相信他的安排。與此同時，我也靜靜地感受、觀察和思考，也許，搬回台北對謀是最好的，即便這意味著我將不得不抛下那些熟悉的、習慣的、親愛的，當然也可以遠離那些我厭惡的、煩惱的和束縛我的種種。

九歲時，從長安縣搬到二十多公里外西安市區，是小小的我人生裡好大的一件事；十九歲，從西安到合肥讀書，我的人生從此無法回頭；二十四歲，從合肥到上海，並不知去那個繁華的都市追尋什麼；二十九歲，從上海到台北，我到底選擇的是怎樣的生活與道路，有太多太多的未知。既矛盾又興奮地收拾搬家的行李，與朋友和家人道別，內心熱切地想擁抱全新的生活，又有點捨不得承載著我和謀許多美好回憶的地方。

島嶼 學習

台北是我居住過最常下雨的城市，一年有超過一百八十天都在下雨。我又是在一年中降雨最多的時節，移居這個城市。綿長的梅雨季剛過，進入颱風季。第一次見識颱風，就遇到超威的莫拉克颱風，據說是台灣五十年來災情最嚴重的風災。正好是台灣的八八父親節，颱風挾帶的降

心定
讓篤

雨造成中部、南部、東南部嚴重的水災，多處發生淹水、山崩與土石流。位於高雄甲仙鄉的小林村，上百個家庭，就是在土石流中瞬間被吞噬。

台北的家在三樓，颱風前幾天，謀請媽咪幫忙買棕色的膠帶，並告訴我為何以及如何在每個房間玻璃窗上貼叉叉。風雨大作的夜，我整晚都未闔眼，那是我從未聽過的風雨聲，不是北方塞外的鬼哭狼嚎，不是南方小城的溫婉嗚咽，雨水是被狂風憤怒捲起，無情地甩出。當雨一陣一陣撞擊在臥室整面牆的玻璃窗上時，我的心揪在一起，擔心緊接著會聽到可怕的玻璃爆裂聲。

颱風過後，次日清晨，陽光透過窗簾照進來，拉開窗簾，看到玻璃與紗窗被沖洗得乾乾淨淨，窗外的天空湛藍透亮。只有地上被吹斷的樹枝、吹落的樹葉，還有不知哪裡吹來的垃圾，證明前一夜的狂風暴雨不是夢境。

這個島嶼也許久遠以來就是如此，在災難中靜靜等待，等災難過後，勤勞的人們捲起袖子清理、修復，甚至重建，吹毀的房屋、道路，還有電線桿，下次颱風來了，可能會被再次吹毀，他們就再重複這樣的等待與修復，年復一年在風雨中挺立，這是不是就是島嶼的謙卑與韌性呢？這是不是我的骨子裡所缺少的，所以才來這裡學習？

第一次遇到地震時，我正在睡夢中，突然大叫：「誰在搖我的床？」謀伸手摟住我，說：「地震，沒事，搖完就好了，睡吧。」

我真的就睡著了。後來，無論是颱風還是地震，我都可以在這個人的身邊安然入睡。一日，我問謀，我曾說過最浪漫的話是什麼，謀連想都不用想回答：「老公在哪裡，家就在哪裡。」我想不起什麼時候說過，但是我知道謀從不會記錯。

我們與「漸凍症」共處的生活，很像島上的天氣，一半晴，一半雨。晴天的時候，風平浪靜，我們過著瑣碎的日常，也會為小事拌嘴、煩惱，也有屬於我們的小幸福；雨天的時候，烏雲密布，有時還會雷電交加。再強韌的生命在那刻都顯得脆弱，在前往醫院的路上、急診室、病房，看著謀呼吸急促，臉色蒼白，我只能握著他的手，緊緊地握住，絕不鬆手。

Chapter 4

看起坐雲

Storm and Rainbow

發光的人

「以為再也看不到老婆了！」

搬到台北後，我對大謀幾乎寸步不離，生怕不在家的時候發生什麼意外。

一日，吃完晚飯，想出去走走。但這個時候是看護去樓上吃飯的時間，有點不放心留大謀一個人在家，不過，大謀說沒事，讓我快去快回。下意識裡還是不放心的。穿上外套，又在他旁邊坐了一會兒才起身離開。

台北的冬夜是透明的，空氣涼涼的。

走了兩個路口，心裡覺得不太踏實，便匆匆掉頭回家。

打開房門，家裡很安靜。平常只要一開門，總會聽到從臥室傳出大謀叫「老婆」的聲音。

我叫了兩聲「老公」，沒有聲音，甩掉腳上的鞋。怎麼這麼安靜？又叫了兩聲，還是沒有聲音，我小跑衝進臥室。

房間裡只開著昏黃的小燈，看到躺在床上的大謀，努力張合著嘴巴，卻沒有聲音。我趕緊走到床頭，他一邊用頭示意，一邊用微弱的氣息說：「戴呼吸器！」

我把呼吸器的鼻罩快速裝好，按下送氣開關，直接扣在他的鼻子上。

大謀用眼神示意我掀開身上的被子，汗水浸透了他的上衣，溼熱的汗味中夾著一股異味，他的褲子溼了一片。

大謀的表情像隻受傷的小狗，我安慰他說：「沒關係，一會兒都換掉就好。」

我一隻手仍然按住鼻罩，直到他的呼吸漸漸恢復平穩。

大謀的第一句話是：「我以為再也看不到老婆了！」

淚水從我的眼角滾落，我俯身在他的額頭上親了一下，努力揚起嘴角，說：「不會的，我們的緣分還很長呢！」

原來，我剛出門不久，大謀突然胸悶，呼吸急促，感覺吸不到氣。他努力讓自己鎮定下來，用滑鼠點著電腦螢幕小鍵盤，把求救訊息一個字一個字點出來，傳給在線的好友，然而，可能是晚飯時間，直到我回家，這位好友仍然沒有回應。

從那以後，再也不敢單獨留大謀一個人在家。每次在書房工作的時候，只要聽到大謀有任何聲響，一定是飛奔到他的床邊。

封筆

生病前，大謀因工作關係，經常需要在各地飛來飛去，生病後，像被收進了束口袋，活動範圍不斷收縮，從全世界，縮到一個城市，再縮為一個房間，最後只有臥室、一張床。假如把這些軌跡用電腦繪圖的方式呈現出來，本來是密密麻麻交織的一張網，後來變成幾根有規律的線條，最後乾脆成了一個點。

爸爸在這樣一個點的日子中，苦中作樂也好，用心造境也罷，字裡行間流動著非普通人日常能體會到的「真空生妙有」、「亭小得山多」的趣味與意境。作為文字工作者的高度自律，爸爸的文章如期出現在《人間福報》的專欄上，讓讀者見字如見人，知道陳宏老師安在。可到了二〇一〇年春節，媽咪犯愁了，爸爸長期靠眼睛與外界溝通，由於過度使用，加上因白內障、青光眼先後開刀，一雙明眸變得渾濁，連微小的轉動也越來越困難。

二〇一〇年三月一日，爸爸在報紙上發表了最後一篇文章，題目是《黃金的價值》。初讀時無法體會，難道爸爸用盡力氣論證的只是一句連三歲小孩都知道的「一寸光陰一寸金，寸金難買寸光陰」嗎？又過了十一年，我或許稍稍有點明白，人人都愛黃金，用途廣、價值高，然而，有一天，再貴重的黃金也買不到無價的東西，比如：時間。**一個人此生壽命有限，在有限的時間裡，如何活出無限的生命與價值？**

在那站在懸崖邊上的時刻，是佛法的智慧之光，為我燃起希望的燈，於是，透過妻的協助，藉著注音板的方便，再度延續了我的文字因緣；雖然，那一轉睛一眨眼是多麼的辛苦，卻讓我努力學習不著急，還要像孩子玩遊戲般的心情去進行著，這才能持續長久，最最辛苦的應該是妻子學慧，還有看護，他們每天得花多少體力「ㄅ……ㄆ……ㄇ？」「是的話眼睛看窗」這般折騰的為我「發聲」，再一字字記下我要說的話；對話已

是不易，更何況寫出了一篇篇文章、一本本書。

（陳宏《我在 燈在》）

爸爸第七本書《我在 燈在》亦是封筆之作，在自序中感念一切來之不易，深知腐朽色身已經物盡其用，十一年的病榻書寫，何嘗不是恩賜。

最重要的事

爸爸在最後一本書中第一次也是唯一一次感謝最最辛勞的妻子不知疲倦地付出。就在《我在 燈在》美編、校稿之際，體力、精力超人的媽咪，身體出了狀況。在例行檢查時發現乳房腫塊，立即手術，病理分析發現是惡性腫瘤，需再次手術，徹底切除，防止擴散到更多部位。

媽咪從忠孝醫院轉到榮總，在診療間，與主治醫師討論手術方案時，我和嫂嫂陪在一旁。醫生介紹完手術方案後，媽咪關心的是：**「最快什麼時候手術？多久可以出院？」**

當時，是她擔任漸凍人協會理事長的第二年，籌備了半年之久的年度大活動即將舉辦，那就是病友們每年最最期待的春遊，這次的目的地是花蓮。媽咪早透過各層關係，結合到鐵路局、兆豐農場、門諾基金會等單位資源，與忠孝醫院醫護團隊、呼吸器廠商，合力為病友打造全程無障礙的旅遊體驗。

帶病友出遊可是浩大的工程，從場勘、行程安排、動線規劃、交通接送、全程醫療協助與支援、志工動員，到病友獨特的個人需求，統統都要兼顧到。這次出行又是大陣仗，將近一百五十人。面面俱到的媽咪，不希望自己從這麼重要的活動中缺席。在台北火車站迎接中南部上來的病友，送大家上火車，她在；在兆豐農場接待病友的晚宴上，她在；第二天用完午餐，送大家上復康巴士搭回程火車前，再次熱情相擁，她也在。可是，沒人知道，幾天前，他們的劉老師才開完刀，身上正吊著兩個引流袋。媽咪偷偷地告訴我，自己是在心中默念觀世音菩薩聖號撐完全程的。

花蓮，算是媽咪的第二個故鄉，對於病友們的熱情接待也為媽咪增光不少。她激動的寫下「（此次）驚動了花蓮縣長傅崐萁伉儷及老縣長吳水雲蒞臨晚餐會場，致送匾額『珍愛生命 永不放棄』及精美禮品鼓勵。花蓮的明媚風光，花蓮人的熱情善良，令我們再再感動，是一次成功的珍愛體驗。」

從花蓮回來不到兩週，化療就開始了。第二針剛打完，媽咪的頭髮大把大把掉落，連手捋過頭髮，都能帶下來一大撮。一日早餐，她坐在餐桌前，眼淚掉了下來。我忍住不哭，抱抱她的肩，輕撫著她的背，她像個小女孩，委屈地哭著。很多人見過劉老師叱吒風雲的樣子，也有很多人看過她陪在先生床前堅強的身影——可是，誰知道，她的心中也有一個小女孩，希望被關懷、被呵護，有個肩膀讓她撒嬌，有個懷抱給她溫暖。

這些年來，她一直都是這個家的肩膀、這個家的懷抱，默默扛起一切，溫暖著家中的每個人。在漸凍人協會，她是那個大家庭的肩膀和懷抱。她不允許自己脆弱，因為有太多人需要她、依靠她。第二天，她去巷口的美髮店剃掉頭髮，她的好朋友們送了各式各樣的美麗帽子。母親節前，我和嫂嫂陪媽咪挑選了一頂假髮，試戴時，她笑著說：「這個母親節禮物真好，以後再也不用花時間打理頭髮了，戴上就能出門。」

一年後，她在協會《見動》年刊卷首語中，引用了當年全台巡演《第十四堂星期二的課》舞台劇中自己很喜歡的一句話「**生命中最重要的事，是學著付出愛，以及接受愛。**」回顧不太平靜的二〇一〇年以及因愛串起的緣分，她說：「在陪伴家人和病友家屬共同走過的有情有愛長路上，我也歷經了抗癌的種種考驗，有如在崎嶇路途又重重摔了一跤，感謝來自四面八方的關懷與幫助，讓我戰勝病魔，再度又站了起來；這場病，更讓我體會到病友們的苦與痛，也真的讓我體驗到世事無常。唯有人間溫情，無價友情，能透過滿滿的愛讓我們共同攜手前行，迎著陽光，迎著希望，迎著我們生存的智慧與無限韌性，以積極的態度，把握有限的人生，活出生命的價值。」

這是「陽光總在風雨後」，這是「想得開真好」，因為生命的餽贈就是要你做「夜空中最閃亮的星」，自己發光之外，照亮更多人。

讓世界更美麗

在上海時，我離開原來的工作後，一邊接案做翻譯，一邊為新設立的外商資訊公司做英語溝通方面的培訓。為了精進這些技能，我參加了在上海白領圈很受歡迎的國際英語演講俱樂部。除了每週例行會議外，定期還有專題培訓可以參加，主題都是圍繞溝通與領導力。從那時開始，我就不怕站在人前講話，不管是用中文還是英文。二〇一〇年三月，當漸凍人協會創會人、東吳大學中文系教授沈心慧老師邀請大謀和我去東吳大學外雙溪分校與中文系同學分享時，我一口就答應了。這可是來台灣半年多來第一場公開分享，我既興奮又充滿期待，而且還是去大謀的母校。可萬萬沒想到接下來的一個月，會發生那麼多事情，甚至有點後悔太快答應這次邀約。

自從發生那次呼不到氣的狀況後，大謀就乖乖地戴呼吸器。從每天兩個小時，增加到四個小時，再增加到十二個小時，後來只有吃飯和移動去洗手間才會拿掉。戴呼吸器並不舒服，尤其是長時間佩戴，面罩與皮膚接觸的地方很容易破皮甚至潰爛，大謀帥氣的臉上被貼了好多塊人工皮，沒過多久又磨破了，很讓人心疼。

比皮膚問題更困擾的是，呼吸器會自動偵測，假如自主呼吸的次數過低，機器會補氣，這樣一整天下來，就會吃到一肚子空氣。大謀原是一個超級熱愛美食的人，因為肚子總是脹脹的，就不太想吃東西。進食變少，體力變差，就更不想吃東西。終於，在主治醫師黃啟訓主任與賴媛淑呼吸治療師的極力建議下，我們決定接受胃造廔手術，就是在肚子上開個洞，把灌食管經由肚皮直接插入胃部，以後營養攝取都從這根管子灌入。

大謀胃造廔手術住院期間，媽咪檢查出腫瘤。肚子上多了一根管子的大謀，還在適應中，媽咪又轉至榮總進行第二次手術，我無法全天照顧媽咪，只能把大謀的看護阿水調去。阿水在榮總陪媽咪期間，我就成了大謀的全職看護。

隨著去東吳分享的日子一天天接近，我開始擔心。擔心從家到外雙溪有點遠的路途，大謀會不會很累，畢竟他的體力很不好了，而且與肚子上的洞和管子才相處兩個禮拜。又擔心大謀看到多年未見、情誼深厚的劉義群教練，我會控制不住情緒。大謀曾經是校籃球隊明星球員，教練看到坐在輪椅上的大謀會不會傷心？我不敢想，一想就覺得難受極了。有一次，跟媽咪參加台北道場種籽讀書會，一位師姐講到先生突然離開人世，她一直沒有整理先生的遺物，過了很多年，當她覺得有必要整理的時候，聽到那裡，想到那情景，我竟然哭得一場糊塗。

在我們前往東吳前的中午，媽咪出院回到家，一見到我，就伸開雙臂，說：「看我很好吧？沒事！」我既開心又難過，儘管媽咪的氣色看起來還不錯，但是臉明顯變瘦了，將近五個小時的手術，怎麼能說沒事就沒事？我上前和媽咪擁抱，摸摸她的背，深深吸上一口氣，不能流眼淚。

這是我和大謀的第一場公開分享，媽咪很想陪，但是她剛做完手術必須好好靜養。還好，有阿水陪著我們，這樣我就可以專心在分享的內容上。大謀見到了劉教練，還有兩個曾經的隊友。聽他們聊著當年打球的情景，想像大謀自由暢快地在球場上奔跑，我的心裡一陣陣翻騰。

演講就像我們計畫的那樣順順地開展，大謀先開頭，再由我接著講下去。有一位朋友在我們開場前趕去，期間看到她頻頻拭淚，結束，她送上一大束鮮花，好感動！

傍晚回到家，安頓好大謀，打開信箱，看到沈老師的email。

大謀、Kiki：

感謝你們來分享你們的故事，那麼真誠、坦率而直接，結果證明你們的感染力比我大N倍，讓講座精采動人。

我的感動不在話下，知道你和Kiki已經準備得很好，讓我非常欣慰。知道你們已發大心，要讓世界更美麗，我更高興。

加油了！適度休息，讓我們走得更長遠！

沈老師

我和大謀都覺得沈老師對我們的評價太高了。第一場分享，還有太多需要改進的地方。這些年來，沈老師就是這樣，用耐心、寬容和鼓勵陪伴我們，以及許許多多的病友與家屬，一點點跨出舒適圈，不斷成長、向前。

當時的我並不知道，渺小的我們如何讓世界更美麗，更不知道我們的故事還會有多少新情節、還能講多久。自從第一次到東吳分享後，我們每年都會有許多場分享邀約，有學校、醫院、企業、扶輪社，還有佛光山的道場。大謀的身體越來越不方便出行，但只要不是非常不舒服，他一定會儘量前往。

與東吳的緣分更是因為一年年回去分享結得更深，面對不同系別、不同年級的新面孔，每次回去，都像是年度報告，向熟悉的老師、向校園裡的一草一木、向教室裡一張張桌椅、黑板，報告我們的故事又添了哪些欣喜的新篇章。

二〇一五年，我考入東吳大學商學院 EMBA，正式成為大謀的學妹。

擁抱一縷風

彩虹

「沒有你，我便不存在了。」

二〇一〇年十一月，我參加漸凍人協會「為愛朗讀 書寫漸凍生命」徵文比賽拿了優選獎，《人間福報》呂幼倫副社長與藝文版周慧珠總監親自向我邀書稿，希望出版我和大謀的故事。從剛搬到台北開始，就希望送給大謀一本書，記錄我們相識相知的點滴。為此，寫下許多草稿。然而，當真的收到出版邀約時，我卻退縮了。

參加頒獎那天，第一次接受媒體採訪，次日關於我和大謀的報導登上許多平面和網路媒體。當時，正逢兩岸關係邁入新的里程碑，繼兩岸全面直航到全面開放大陸旅客來台旅遊、簽訂ECFA。但凡跟台灣有關的，旅遊、美食、時事、人物等的話題都深受大陸網友的歡迎。也許，有關我們的報導涉及兩岸、愛情、疾病等吸引眼球的主題，還被大陸知名網站論壇轉帖，一度成了網友評論的熱點。上海朋友看到，轉給我。

雖然大部分是正面、鼓勵性的留言，但也不乏酸言酸語以及惡意攻擊，第一次有種在光天化日之下突然被無緣無故亂棒毒打的感覺。一連數日，我陷入抑鬱：「真像是惡夢，在擔心中度過這幾天。我愛你，如今成了壓力，我的選擇，不是我的決定了，被人轉述、被人評論，這是怎樣的世界！好想從這個世界逃掉。」

就在五都選舉的前夜，爆發重大事件，新聞劈天蓋地。有關我們的報導終於被遺忘了。這次受傷的經歷讓我「一朝被蛇咬十年怕井繩」。於是，出書的事，一拖再拖。鍥而不捨的慧珠師姐隔三岔五打電話到家裡，她從不直接催稿，而是用她那溫溫柔柔的聲音輕輕地磨著我的耳膜、我的心。「今天，喝到了好好喝的東方美人，過幾天帶去給Kiki。」；「正在跟副社長吃下午茶，我們都覺得 Kiki 一定喜歡，下次要找妳一起來。」

有一天傍晚，我正在廚房炒菜，看護把電話遞給我。「Kiki，我在彩虹下想到妳。」慧珠師姐的聲音總有著孩子般的純真喜悅，像陽光、像雨露，「好大好美的彩虹！車子從彩虹底下穿過時，就想到了妳。」

電話這頭的我，一手拿著鍋鏟，一手拿著電話，淚水在眼眶打轉。大謀這一年的身體不穩定，時常進出醫院，幾乎所有的節日都是在病房裡度過。夏天，工作了兩年、情同姐妹的越南看護阿水回國，新來的印尼看護語言不通，還在磨合中，媽咪前一年開刀後，從樓上搬下來與我們同住，虛弱卻忙碌依舊，化療後的營養照顧就交由我和大謀打理。還好前一年，在很殊勝的因緣下，我皈依並受五戒，成為星雲大師的弟子，有了佛法的依靠，在多重考驗下，我不至於碎掉。

「觀自在菩薩，行深般若波羅蜜多時，照見五蘊皆空，度一切苦厄……」心煩意亂時，恐慌無助時，《心經》就會浮現，在心頭，在筆下，還有深深烙在我腦海裡，出現在夢中的回眸白衣大士。

「書稿已經完成大半，中秋節前把初稿給您。」

回憶、書寫早已經成了我的支撐與寄託，成書只需一縷風的吹拂，一束光的照耀，就在這時慧珠師姐送來的一道虹。

兩週後，我把初稿傳給慧珠師姐，第二天就收到電話：「Kiki，我一口氣讀完，太感動了！妳要再多寫一點。」被家人寵愛，第一本書又被總編寵愛，曾因媒體報導受傷，我堅決不用真名，不辦發表會，不做任何宣傳，慧珠師姐竟然一一答應。

不只屬於妳

然而，美編的過程並不順利。對於書的設計我原本就有自己的想法，當看到美編初稿，我淚崩了。我珍視自己的文字與故事如同自己的孩子，看到排版結果不如預期，既生氣又難過。本以為媽咪知道事情的原委會安慰我，就像在每次受傷和流淚時，她總會給我擁抱。媽咪坐在客廳的沙發上，靜靜地聽我埋怨。當聽到我說：「早知道做成這樣，我寧可不出。」媽咪面容平靜，用略帶嚴肅的口吻說：「事情做到現在已經不是妳一個人的事了，這本書也不只屬於妳。」

乍聽之下有些忿忿，但還有誰比我眼前這位女性更有說服力，她默默成就了多少了不起的事。爸爸病後出過這麼多本書，哪一本不是在去除我執與諸多善緣相助之下才圓滿的？

這番話多年來時常縈繞在我耳邊，當我希望事情按照我的想法發展卻事與願違時，當我想要掌控卻束手無策時，當我想握緊卻無能為力時。我漸漸體會到，這世界上沒有任何事情只靠一個人的單打獨鬥就能完成，凡事的成就都像星雲大師說的是「集體創作」，需要眾緣合力。這世界上沒有什麼只屬於你一個人，包括正在經歷的、所書寫的，「我」只是一個途徑、一個載體、一個分身。享受了過程，其他就要「隨順因緣」。

慧珠師姐耐心地陪著我一頁一頁與美編溝通，漸漸地，我在妥協與堅持中找到平衡。聖誕節前，收到書，非常開心，迫不及待寄給各地好友。很快，就收到大家的反饋，每讀一封，眼睛就模糊一次。

美國好友黃麗梅寫道：

看著妳用一顆單純的心，追求妳的所愛，無怨無悔，對妳除了感佩，更是滿滿的心疼。我用淚眼看完全書，而被妳最後的數篇文章擊潰，驚醒睡夢中的小頻。

在我心中，你們的愛情故事，已經超越了「直教人生死相許」的程度，因為沒有比你們如此活著相依更叫人動容的了。

謝謝妳Kiki，透過妳的眼，妳的書寫，讓過去的大謀如此鮮明的出現，再次看到了我們如此喜歡他的理由。我真是很想給你們一個大大的擁抱，很想親口告訴你們，我又有多幸運，能親眼見證人間真愛的傳奇。

東吳大學中文系教授沈心慧老師這樣勉勵：

讀完妳和大謀的故事，激動和感動，交疊不已。是美麗的愛情，也是艱難的陪伴，對於身在其中的我們，只有「五味雜陳」一語，可以略表感受。

讀妳的文字，是一種享受，尤其是寫妳細膩的心情轉折和疾病的無情進展下，在無奈中猶能享受愛情的浪漫。

期待它的續集，雖然，那是更艱苦地挑戰，更煎熬地磨難，但，也是更偉大的愛情魔力與接受考驗、折磨所成就的智慧，是人間更可貴的珠玉。

以妳如此年輕、豐美的生命，勇敢追求真愛，坦然接受巨大的磨礪，真的是可敬可佩，更令人愛憐不捨。

《你是我的呼吸》寫作初衷非常簡單，只想讓更多人發現美麗的故事就在身邊。不管曾經或正在經歷多大的傷、痛或逆境，都不要低估自己愛的能力和被愛的權利。愛情之於我和大謀來說不是生死相許的諾言，而是面對殘酷和無奈也要相依的勇氣。故事的時間跨度不過六年多，對於漫漫人生，也許還只是開始。短短幾萬字，遠不足以成書，只是懷著一顆分享美好的願望，哪怕只是一抹彩虹。

艱深的「修行」

「沒有創作出版的意圖，只是透過天賦的文曲才華，爬梳心中亂麻。誰說理還亂？先把自我丟了吧！本著最最純潔的性靈，在跌宕與昇華之間，畢竟會有定奪，其間過程必然是抽絲剝繭、血淋淋般地疼，卻又何嘗不是最艱深的『修行』。」

慧珠師姐在賜我們的書跋中這樣寫到，聰慧剔透如她，已預見到我與大謀的相遇確是一場修行，未料及還有更陡峭、險峻的將接踵而至。

我住院了，上週五又咳了一整天的痰。在主任的建議下，週一來到忠孝醫院。

這次的症狀除了痰比較多外，從週末開始，又一直在水瀉，來到醫院後做了肺部和腹部的X光、心電圖、二氧化碳檢測，還抽了靜脈血和動脈血。

目前看起來肺部還算正常，只是腹部的腸氣很多，可能是造成我水瀉的原因。

昨天驚動了妙凡法師到醫院探望我，師父對我開示很多，印象最深刻的是：人的心才是主宰，身體只是一個工具，或者分身。在這個世界上，每個人可以有很多分身，而且萬事萬物也都可以成為我們的分身，關鍵是在於如何去啟動這些分身。

師父說，Kiki是我啟動的最好的分身。我現在的身體慢慢不好用了，應該想辦法啟動更多分身，學著利用其它的分身做更多事情。如果我能學到這一點，就代表我重生了。

師父的這段話，給我很大的震撼。師父也說，我來到這個世間，可能是發願而來的，希望能夠幫助眾生，用生病這件事來示現更多東西。只是我轉世投胎以後，不記得了。師父說我應該繼續發願。

我覺得師父說得很有道理，是應該好好想想，我還能為這個世界做些什麼。

（大謀口述，Kiki記錄〈住院〉）

妙凡法師是第一位第一次見面就拉起我的手的出家師父，那種感動難以名狀，超越時間、空間。師父說自己出家二十多年，已經很少讀佛教以外世間的書了，二〇一一年底收到福報文化送的《你是我的呼吸》，竟然一口氣讀完，非常感動。法師當時在台北道場帶領佛光會青年團，讓我有空去道場就去找他。大謀住院後，氣切的事再也無法迴避，我不知該如何去想，前一晚跑去道場向師父請教，師父第二天就到病房看望大謀。妙凡法師也是第一位看望大謀的法師，法師的開示對大謀日後深入佛法也有深遠的影響。

後來，妙凡法師被調回本山，有一次我在山上做完義工下山與師父偶遇，他再次拉起我的手，一陣寒暄後，還陪我一直走到坐車的地方，那種感動至今迴盪在我胸中。

心在跳

氣切與否，真的是一個很難抉擇的問題。媽咪很關心，嘗試著用各種角度來讓我和大謀正視這個問題，並說明決定權在我們，作為母親，她當然希望一直看到自己的孩子。

我跟大謀也從不同方面探討過這個問題：從生死輪迴、生命的長短、生命是否具有意義，到如果氣切，生活可能發生的改變、身體機能的退化、溝通能力的降低等。媽咪也陪著我去看望了一些氣切病友，有些人生活得不錯，但有些人過得並不是太理想。

困擾我和大謀的主要有兩方面問題，一是溝通問題，我們的相處在很大程度上建立在順暢溝通的基礎之上，如果這個部分沒有了，會不會感到挫折、沮喪？二是生命價值與意義問題，人生不能沒有意義，人不應該是為了活著而活著，氣切不該只是把生命延長，我們希望生活繼續過得有意義。

大謀住院期間，姐夫到醫院探望。當我提到對於氣切的困擾時，姐夫的一番話觸動了我。他說：「現在科技這麼發達，已經有眼控電腦，很快就會有腦波控制的電腦。如果妳在乎的只是謀謀的聲音，那麼可能很快就聽不到了。可是，心靈的交流會一直都在，只要活著，就會一直存在……我和姐姐對多年前做的氣切決定從來都沒有後悔過！」

原來，我們害怕的並不是氣切手術本身，而是我們的情感與交流是

不是可以跟以前一樣繼續下去，以及兩個人的生活都在這種存在中繼續有意義。

當晚，我坐在大謀的病床邊，握著他的手，說：「我希望一直看到老公……如果，明天起來看不到老公，不知道生活會是什麼樣子……我們氣切吧，你覺得呢？」

大謀對我眨眨眼睛，說：「好，那我們先做好以後氣切的準備吧！」

二〇一二年十一月底的一個晚上，我擠在大謀不大的電動床上，一起觀看《中國好聲音》，聽到一首蕩氣迴腸的歌〈心在跳〉。

我要對你多好　你要愛我多少　有什麼重要
也許答案得走過天涯海角
最後才知道　聽得見你心在跳　最重要

這首歌不就是為我們唱的嗎？

我含著眼淚說：「跟黃主任討論一下氣切的時間吧！」

大謀說：「好！」

自從做了氣切的決定後，時間似乎比之前過得更快。大謀每天一有機會就告訴我愛我，以前他就經常說，如今說得次數更多了。我知道他擔心氣切後講話就沒有那麼方便了。儘管已經跟語言治療師討論過氣切後發聲的可能，但是畢竟還是有太多不確定，我們對之後的生活也充滿擔憂。

篤定

十一月二十八日，把大謀送進忠孝醫院，三十日夜裡我搭上前往芝加哥的飛機。

那年四月，國際聯盟主席、冰島漸凍人協會主席，也是漸凍病友的Gudjon 先生來台，在市政府舉辦了一次漸凍人服務與醫療照護論壇。我擔任主持兼口譯，並用英文簡報台灣有關漸凍病友的福利與服務，受到國際友人與政府官員代表的一致好評。大謀之前出席過兩次國際聯盟會議，已與這位曾與大海搏鬥，如今駕著輪椅世界各地傳播愛與勇氣的維京人建立友誼，活動後，Gudjon 到家裡看望大謀，鼓勵我們一起參與和服務國際漸凍人社團，為全球病友發聲。於是，才有我這次美國之行。

這是我第一次去美國，也是第一次出席國際漸凍人協會聯盟大會，會議期間認識了來自世界各地的病友、家屬與團體代表，大家分享激勵與感動。每天我都感到收穫滿滿，也許時差關係，雖然疲憊卻異常亢奮。

大會閉幕晚宴後，我跟大謀在視訊上開心地分享當天的收穫，他告訴我氣切手術安排在十二月十一日。儘管一切都在預料之中，可是，那一刻在世界另一頭的我，心還是沉到谷底。從飯店房間的窗戶望下去是密西根湖，深夜湖邊靜謐的路燈與清晨湖面升騰的霧氣，陪伴著無眠的我，成了這次旅行最深的記憶。

十二月七日清晨六點降落桃園機場。坐在機場巴士上，我瞇著眼睛，望著窗外的藍天和淡淡的雲，突然覺得島嶼的一切好美。什麼時候開始，我已經愛上這裡，曾經陌生的，如今卻夢縈魂牽起來。

進入倒計時，離氣切手術只剩下一天。該做的準備都做了，知道二十四小時之後的生活會有多大的不同，然而這一刻，只能冷靜地面對。

姐夫說：「既然決定了，就要篤定。」

不過，這兩字好像更像是「賭定」。我並不喜歡賭博，命運卻把我推向一個又一個賭局，不管我擅不擅長，都要博一博，而且要信心滿滿。

手術後的四十多個小時裡，我一直陪在大謀旁邊，他比我想像中鎮定，只是氣切的第二天，我就被沮喪和疲憊包圍。抽痰怎麼那麼難學？學了好幾次，都沒學會。用眼睛拼字很累，要一直站著，一個音一個音，耐著性子。晚上，我崩潰了，面對無聲的大謀，拼了好多次，我都不明白他的意思。最後掛著兩行淚入睡，大謀也好難過，次日早上他用唇語跟我說：「老公愛老婆」，「老公不希望老婆不開心」。

我知道大謀愛我，我也知道我也深愛著他。可是，命運好像特別「垂青」我們，不斷向我們拋出越來越艱難的挑戰。

微光與我同行

你說那是在古印度，你看到了恆河，你確信那就是佛陀生活過的恆河。你看見自己是女子身，穿著古印度女性的服飾。那衣服叫紗麗，一塊很長的布料，披裹纏繞在身上。你正好奇地張望，看到前方人潮湧動，有人歡呼「佛陀來了！」你伸長脖子，向眾人簇擁的地方望去，好想親眼看到佛的容貌。

可是那光好強，根本無法看清佛的樣子。有人在旁邊拉你的衣服，低聲說：「快跪下！」誠惶誠恐的你趕緊下跪，只感覺那紗麗把身體纏繞得緊緊的。你跪倒在地，閉目，頂禮。

這一跪就是千年，起身時，紗麗被一身袈裟代替，頭上的髮髻也消失了。你合掌向西，默念佛號。佛的光埋進你的記憶，印入你的生命，生生世世，只為追隨那道光。

（屈穎〈佛是光〉）

佛是光

我遇到的第二位師父是妙暢法師，師父有種說不出的親切，似乎某些記憶被喚醒了，短短數週，我寫下〈無聲息〉、〈覺有情〉、〈初發心〉、〈佛是光〉，都陸續刊出在《人間福報》副刊上。

上海好友孫杰，以前和我都是大謀的下屬，是我大陸的同齡朋友中唯一一位對佛法有濃厚興趣的人。她非常羨慕台灣的佛教氛圍，說台灣不僅有許多高僧大德，還有很多正信道場，想接觸佛法、學習禪修都非常方便。在我搬到台北前，她送我一本繁體《金剛經》，還叮嚀我有機會要多親近法師。

二〇一三年春季，妙暢法師在台北道場開設《八大人覺經》課程。當時，大謀氣切三個多月，度過了辛苦的適應期，身體狀況平穩。之前在家裡工作的越南看護阿水的直聘手續也辦完了，四月就要回來了，我們都非常開心，這樣大謀的照顧就不用擔心，我也比較能安心出門。

其實，從我剛到台灣開始，媽咪就想辦法為我拓展生活和社交圈，她把自己的好朋友介紹給我，還把我帶進她參與的社團，她說：「我知道你很愛謀謀，但不希望你的生活只有謀謀。」工作的部分，國外客戶的業務仍在繼續，媽咪說她不僅不擔心，還覺得很自豪，因為只要有電腦和網路，我就可以工作。生活上，媽咪也是儘可能減輕我的負荷，除了請看護協助大謀的照顧之外，日常採買也大都是媽咪幫忙。將近七十五歲的人，動作麻利，思維敏捷，心胸開闊，還有，好奇心和求知欲極強。我大學同學來台灣自由行，住在家裡幾日，都對我這位婆婆感到驚奇，說從沒有見過這樣的長輩，不知道我們老了，能不能像劉老師一樣。

每個禮拜六早上，媽咪開著車子，載我去道場，我們先去十四樓禮佛，再回到六樓教室上課，就這樣，我們婆媳二人做了好一段時間的同學。

秋季，師父講《藥師經》，大謀一直都在誦持這部經典，很想聽師父的課。但出門一趟實在不易，師父得知後，想到用視訊的方式讓大謀參與。於是，我們一家三人都成了師父課堂上的學生。

一年後，當大謀回憶起這段時光時，寫了一篇文章〈人間亦有揚州鶴 但泛如來功德河〉，敘述了他與《藥師經》結緣與修持的點滴。文末提到在這門課學期末，妙暢法師讓大家仿照藥師佛的十二大願，寫下自己的大願，大謀的大願是：

第一大願：願我來世得菩提時，所有眾生無疾所困，身心清淨，安樂自在。

第二大願：願我來世得菩提時，所有眾生無所乏少，修善為喜，聞法為樂。

第三大願：願我來世得菩提時，所有眾生和睦相處，無有貪瞋，智慧為首。

捨得？

二〇一三年四月十六日淩晨四點多，聽到呼吸器的管子傳來痰的聲音，我從床上爬起，問：「要不要抽痰？」走到大謀的床邊，打開落地燈，彎下腰，靠近他的臉，看到他閉著眼睛，用唇語回答：「好」。

抽好痰，為大謀調整腳和手的姿勢。每個晚上，少則要調整兩三次，多則要每半個小時、一個小時調整一次。因為無法控制四肢的活動，同一個姿勢久了，身體會很痠麻。於是，借助大枕頭、小枕頭，變換手和腳的姿勢。

先調整腳，再調整手。我一手托著大謀的手肘，一手抓著他的手掌。平常這個時候，大謀都會用右手僅存的力氣，抓抓我的手心，然而這個清晨，這個小動作缺席了。

大謀用唇語說：「我的右手動不了了。」

我的心顫抖了一下，那是他整個身體僅存的可以活動的部位。

我問：「會不會有點難過？」

大謀說：「有一點。」

我說：「不要太難過，這是預料中的。」

其實，我的心早已開始翻騰。我當然知道那些關於右手的記憶。小時候，只要一想問題就喜歡用右手搔後腦勺；打球時，右手為他運球、投籃；工作中為客戶做簡報時，右手的手勢讓他看起來專業、自信；生病後，右手的力氣變弱，艱難卻可以慢慢地把食物送進口中；躺在床上了，右手僅存的力氣還可以控制滑鼠，讓他保有最後的獨立和自由……而今，卻要一起說再見了。

想起參加漸凍人協會舉辦的疾病適應團體時，聽到幾位剛確診的病友說每天都是在誠惶誠恐中醒來，睜開眼睛的第一件事是先檢查身體的哪些部分不聽使喚。那時，我還鼓勵大家，不要看失去的，而是珍惜還擁有的部分。如今，當面對大謀失去最後的氣力時，我的失落卻悄然而生。

《八大人覺經》的第一覺就說：「四大苦空，五陰無我。」我們的身體和所生活的世界原本是苦、空的，不必執著。但是，曾經給了我們的，如今卻要奪去，到底是有情還是無情？假如上天要我們在這樣的境遇中修行，那麼大破大立之後，是不是該有更大的智慧？

微微的光

二〇一三年十一月十五日，大謀受邀至東吳大學城區部分享，這是他氣切後第一場生命教育講座。媽咪也把這一天下午空出來，陪我們一同前往。

「我真的很不舒服！」進了電梯後，大謀臉色蒼白，用唇語對我說。

月初開始，大謀時常出現喉嚨痛和低燒，嚴重時會伴隨頭暈、噁心和想吐的症狀。為了避免在移動過程中腸胃感到不適，出門當日，必須減少灌食次數和水分攝取。所以，出一趟門，真的是很大的挑戰。

我們大樓的電梯比較小，必須把輪椅靠背調直，把腳踏板拆掉，才能勉強進去。這麼高大的人，被疾病吞噬了全身的力氣，癱軟地靠在輪椅上，頸部中間氣管處一根長長的管子連著呼吸器。頸部已經完全沒有支撐能力，必須靠人扶著額頭，才不會垂下來壓迫到呼吸。每次出門，看到這場景，我都有種說不出的滋味。

若是平日，在這樣的身體狀況下，外出計畫早就取消了。然而這次，我於心不忍，卻還是提醒說：「這是我們答應別人的事情。」

下樓後，坐上車子，大謀的狀況並未好轉。我把呼吸器的送氣壓力和次數稍微調高，讓進氣量變大，呼吸稍微省力一些。一路上，我都密切注視著大謀，他雙目微閉。

到了學校，剛好是課間休息時間，校園裡人有點多，我捏了一把汗，很怕等電梯耽誤太久。還好有助教與同學協助，快速帶領我們穿過人群搭上電梯進入教室。把大謀的輪椅定位、呼吸器插電，我趕快去確認簡報與影片能正常播放。老師簡單開場後，交由媽咪為我們引言，再把麥克風給我，我放在大謀的嘴邊，看著他認真地向同學們提出兩個問題：

問題一：如果你深愛的男朋友或女朋友得了一種無法治癒的疾病，身體可能很快就不能活動，甚至無法呼吸……你會怎麼辦？

問題二：如果你是那個生病的人，你會怎麼實現你的個人價值？

大謀說話是靠呼吸器送氣時震動聲帶發出聲音，聲音比正常說話微弱，每一音都非常費力。大概為了聽清楚學長的話，教室裡四十多位同學異常安靜，眼睛睜得大大地注視著眼前的學長，我看到有同學的眼睛已經溼潤了。大謀說完後，交由我接續講後面的內容。

分享過程中，我不時回頭望向大謀，確保他沒有不舒服，也確保我講的是他想傳遞的。每次四目相對，他都給了我更大的信心。同學們和老師全程都專注地聆聽，感動更是溢於言表。媽咪坐在第一排，這是她第一次當我和大謀的聽眾，她溫柔地注視著我們，眼眶溼潤，臉上流露出自豪的微笑。

大謀一直堅持到最後。我相信，只要大謀出現，他的本身就是最強大的訊息，超越一切言語。那時候，我並不知道大謀自帶一種氣場，之後遇到一位導演，他為大謀拍攝完紀錄片，私下跟我說：「大謀跟其他重症患者很不一樣，有很強的氣場，只要靠近就有被充到電的感覺。」

晚上回到家，大謀的燒退了。我們一起檢討這次出行和分享的內容，我把同學和老師寫的回饋卡片念給大謀聽。

「我不知道生命是什麼，但我在你們身上看到了生命。謝謝你們！」

「其實在看第一個影片時，我就哭了，能不畏懼未知的困難而堅持走下去的人很勇敢！謝謝你們教我們這麼特別的一堂課。」

「這是我第一次這麼近距離和漸凍人病患接觸。看到 Tom 躺在輪椅上，內心的震撼實在難以言喻……原來，這麼平凡卻又偉大的存在就在你我周遭。謝謝你們讓我重新了解何謂愛的定義，還有對生命的認知。原來呼吸對於你們而言，竟然是如此珍貴！我無法幫助什麼，但期待未來，你們能更堅定地走著。」

聽到學弟妹從我們的故事中有所啟發，大謀說感到欣慰，自己在菩薩面前許願，如果菩薩希望他多做些事情，就讓他的身體不要太不舒服。真的非常感謝菩薩，一路庇佑！

有了這一次的經驗後，大謀更加勇敢地踏出家門。有一次，我剛從比利時參加完國際大會回到台北，接到一位老師的電話，說有學生跳樓，其他學生的情緒受到很大的影響，希望大謀能前往帶給同學們一些正面的能量。然而氣象預報說第二天台北有寒流，學校靠近山區，又距離我們家比較遠，我擔心大謀感冒，但他毫不猶豫就答應了，於是我立即打電話訂車子。

第二天，有八十多位同學參加，當同學們陸續入座時，不同以往，沒有喧譁聲，從大謀開始說話，到播放影片，從個別同學開始抽泣，到越來越多的人淚流滿面，這一切我們都看在眼裡，老師的用心已經達到效果。結束後，同學們紛紛上前與大謀握手。我默默地看著，為我了不起的另一半感到驕傲。

坐看
雲起

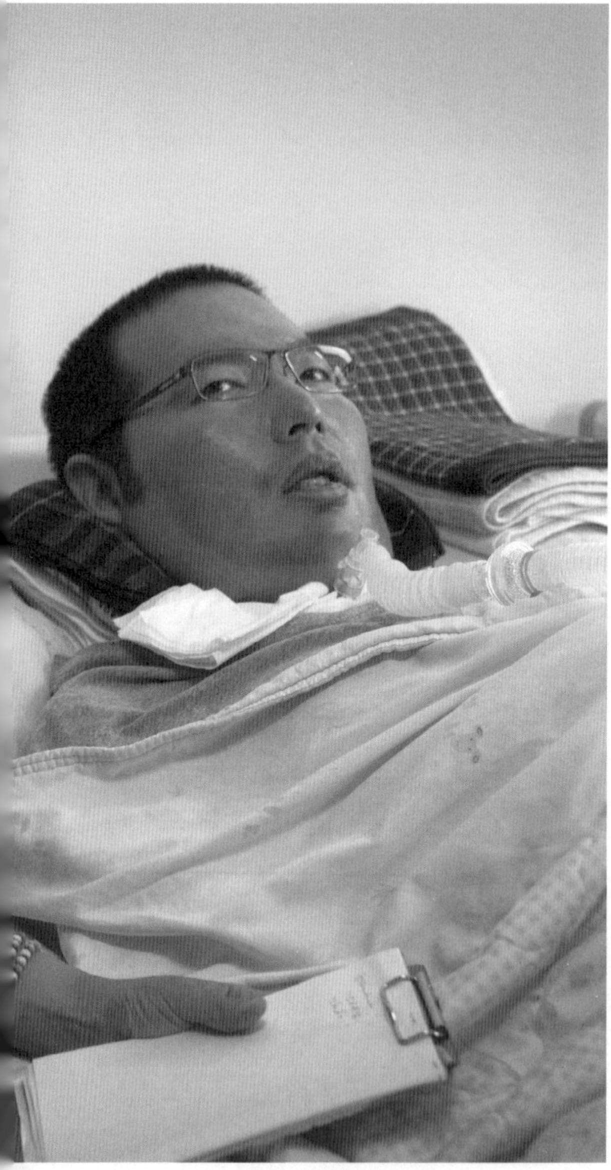

「學妹們，加油！」

已經十幾年沒有到現場看過籃球比賽了。因為生病後，出門很不方便，現在還要擔心有沒有電源可以充電。去年年底，劉義群教練（我大學時的校隊教練，現在是東吳女籃教練）就提到東吳女籃的賽事在母校體育館，很方便，我只要人去就好，教練會幫我安排合適的位子，既能接電源，又能安心看球。於是，就跟教練約好今天下午回母校看學妹們的全國十六強決賽。

從今天早上開始，我可以感覺到腎上腺素開始分泌，跟以前要上場比賽一樣。到了學校後，看到教練到樓下來接我，心情越發激動。出了電梯後，聽到籃球與地板有力的碰撞聲，感覺好像突然回到了以前打球的時候……。到了球場後，我很不好意思，教練一直在招呼我，還找人幫我拿延長線，最後直到確保我都安頓好了，他才回到他的位子上。

比賽開始了，第一節，學妹們就取得10分的領先；最後，一直以10幾分的差距保持領先，直到終場結束。可以看得出來，兩隊差距遠大於這個比數所顯示的差距。控球後衛把比賽節奏掌握得很好，12號球員，切入犀利、腳步刁鑽；5號球員，有幾個漂亮的轉身過人跳投，可惜太早三次犯規，所以有很長一段時間，坐在板凳上休息；還有，我也看到了自己系上的學妹77和曾子柔的精采球技，對77在籃底下做苦工，搶到幾個漂亮的籃板球，感到印象深刻。全隊進攻和防守都保持著完美的space和角度，從這裡可以看得出來，教練的用心和學妹們的領悟力。

比賽結束後，教練帶領學妹們過來跟我鞠躬說：「謝謝學長」。當時，我的眼眶充滿了淚水，很感動。也讓我突然想起二十多年前，我也是場上說著「謝謝學長」的一員，而現在，躺在輪椅上，戴著呼吸器，接受學妹們的感謝……。

我對學妹們身上穿著的 T-shirt 很感興趣，上面寫著 **teamwork**。籃球是一個團隊運動，需要每個人團結一心，一起努力，才會有好成績。有人把比賽當作上戰場，在戰場中，這五個人的小組，如果有一個人沒有按照指示行動，這五個人可能都會犧牲；而在球場中，也是這樣，如果有人不按照指令行動，球隊就會輸球，所以，球員們並不是為了自己在打球而已，還要為了隊友打球。只有建立了這樣的關係，球隊才會真正的成功。

冠軍隊伍並不是做了什麼特別的事，而是把每一件很平常的小事做的比別人好 (Champions don't do extraordinary things, but do ordinary things better.)。從每一次練球開始到練體能，還有每一次傳球、卡位、投籃、防守，這些基本動作有沒有比別人做得扎實！我在這場比賽中看到了學妹們的努力，學妹們，加油！

二〇一五年三月二十六日，從東吳大學外雙溪回來，大謀立即口述了這篇文字。這次比賽前的幾天，劉教練打電話到家裡，說女籃的狀態不佳，希望大謀學長給學妹們打打氣。我們這才有了到現場觀看的機會。當大謀出現在賽場上，不用言語，這群英姿颯爽的女孩們用她們的表現說明了一切。大謀和我也被女籃們鼓勵了，我們吸收到滿滿的青春能量，那是揮灑汗水、盡情奔跑、酣暢淋漓的生命能量。坐在回程的車上，我看著比賽結束後與女籃的合照，看到了大謀微微上揚的嘴角。

大謀的貼文分享在臉書上，球隊的同學以及學生家長都來留言：

「謝謝學長！我們會帶著你的勉勵以及你對籃球的熱情，繼續努力下去。」

「我們會一步一步更努力的前進，謝謝學長的鼓勵和支持！」

「謝謝學長到場觀賽，我們感覺非常榮幸，希望能更盡力做好每個細節。」

「謝謝學長，有了你的支持，我們會繼續努力，繼續前進，並謹記do ordinary things better！」

「謝謝學長我們會更努力的！我們要一起加油！」

三月二十九日，東吳女籃榮獲大專籃球聯賽全國總冠軍，大謀在臉書上開心地分享了冠軍獎座。

仰望星空

闔上了許久許久沒有閉上的眼睛，您歇下了人間的千聲萬苦，歇息了，歇息了，那雙我們都好愛好愛的大眼睛，也累了，輕輕地，閉上吧！

此刻的您，離開了臥躺十五年的病床，想必是步履輕盈地慢慢走著，享受著行走的愉悅，您在天上俯看著我們，用您那迷人的微笑，看著我們這群在綠蔭下，仰望著您，向大樹依依告別的人，好大好大的綠蔭啊！您用美麗的雙眼，耕種美麗的福田，您用豐富的心靈，抽芽滋長，開枝散葉，留下大片蔭涼，纍纍碩果是您留下的愛，留下了愛，就什麼都留下了……

（姜捷〈我們在綠蔭下 向大樹告別〉）

向大樹告別

陳宏老師如他在病後第一篇文章〈抓住生命，勇敢向前〉中所預見，「人的肉體、軀殼，好比是公寓，既然柱已毀，梁已朽，也只好搬家。」果真如他所說，在跟那些白紙黑字逐句逐字叮嚀「要好好地活著」後，他決定「搬家了」。二〇一四年三月八日，陳宏老師因器官衰竭，在台北市立聯合醫院忠孝院區往生，享年八十三歲。

妙暢法師是第一位抵達病房的法師，他說早課時，突然聞到一陣茗香，心中浮現陳老師的笑容。早課完，他打開手機，看到我的簡訊說陳宏老師走了。師父在說這番話時，面容平靜，沒有悲傷，還浮現著些許清靜的微笑，彷彿爸爸正透過師父讓我們看到他的「欣然」。

爸爸走後的第二個清晨，整理著大家的文字，心中無比想念。書房牆上掛著他以前的攝影作品，新年時把「久違了」的夕陽換成「功成身退」

的殘荷，現在回想起來，又豈止是巧合？爸爸盡其一生綻放，即便被疾病困頓，卻從未停止內觀修行，用慈眼傳意，化文字為般若花，遍開有情世間。

忠孝醫院神經內科主任黃啟訓醫師，也是成立祈翔病房的功臣之一，寫道：

走過「祈翔病房」寂寂長廊，不再聽到覆誦注音符號、認真拼字的聲音，陳宏老師真的離開了。

七年多來，每天看見他雖身困病床，以呼吸器和胃管灌食維生，仍能跳脫身體的限制及病痛「眨眼寫書」，透過七本書、三十五萬字創作，傳遞勇氣及智慧給世人、啟動善緣的循環。

星雲大師盛讚陳宏「身如頑石、心如飛鳥」，一生力行「珍視生命」的價值，病中仍堅持延續活力及傳奇，他和妻子劉學慧老師為我們見證人間真情，並將其愛情昇華為大愛，催生了台灣第一間漸凍人照護中心

——「祈翔病房」，繼而才有中、南部漸凍人照護中心的成立，嘉惠全台病友。

陳宏老師已登彼岸，但風範長存，我們永遠懷念他。

可堪告慰的是，大謀兄及 Kiki 接棒為漸凍人發聲的志業，也繼續傳頌這兩代動人的愛情故事！

我來台灣後，爸爸的眼睛已經無力拼字，我們幾乎沒有直接交流的機會，最初去病房看望，都只能凝視那雙創造人間傳奇的雙眼。我不知該說什麼，看護彭彭姐說爸爸喜歡《金剛經》，於是第一次磕磕巴巴讀誦《金剛經》就是在爸爸的病床前。之後，好長一段時間，《金剛經》成了我的定課，再後來，成了我最喜歡的經典。多少次，在夢裡，我跟著佛陀的隊伍乞食，我坐在眾人面前宣講佛法。多年後，當我對「應無所住而生其心」稍稍有所領悟時，爸爸早已成了天上的星星。

在爸爸離開多年後的一日，在為大謀念書時，突然萌生一個念頭，希望透過爸爸生前的文字，讓這對父子穿越時空相遇。書架上有一套媽咪特別為我湊齊的爸爸病後七本書的初版，從二〇〇二年十二月出版的《眨眼之間》到二〇一〇年六月出版的封筆之作《我在 燈在》。二〇一二年《陳宏眨眼全集》出版後，當初的作品更加珍貴，而這次「隔空相遇」的契機，我希望用爸爸最初的作品來搭建，所以，在念書時，依照文章的順序，包括記錄者的名字一併念出。

語速放慢、聲音平緩，在字裡行間，靜靜體會爸爸拼出每個字時的心情。大謀靜靜地聆聽，很多時候都紅了眼眶。每當掩卷，深深感慨，肉身危脆，可以被一個病毒擊潰；生命浩瀚，可以化作日月星辰，超越時空，依舊閃耀。我眼前的另一半，雖然身體被疾病困頓，但他傳承了陳宏老師的血脈，微微地發著光。

愛與勇氣

二〇一三年十二月是我第二次站在國際舞台上，繼前一年在芝加哥大會上首次介紹台灣漸凍人協會逐步發展出的全人照護服務，在米蘭大會上，又向各國展示了台灣漸凍病友強韌樂觀的生命力，及首屆環台超級馬拉松為漸凍人而跑的感人盛況，給各國代表留下深刻的印象。二〇一四年初，我收到了老朋友 Gudjon 的信，邀請我出席第十屆北歐運動神經元疾病大會，並在大會上演講。

北歐大會不定期舉行，參加者主要為該地區病友、家屬、醫護專業人士。北歐國家向來有「人間天堂」的美譽，國民教育程度高，社會福利好，家庭凝聚力也很強，但病友接受氣切的比例很低，Gudjon 希望我在大會上作開場演講，分享我和大謀的故事，啟發病友熱情擁抱生活。

雖然在台灣已經分享過很多次我們的故事，但這是第一次面對國外聽眾用英文講述，而且還作為開場演講為整個大會定基調。好幾個月前，我就開始思考要怎麼呈現。在很多人看來，我們是年輕、樂觀的，但是在看似堅強的背後藏著鮮為人知的煎熬。不過，生命這堂課原本要學習的就不是苦難本身，而是在苦難中探索真我之光，發現生命之美。跟大謀討論後，為了讓聽眾有更直接地了解，我把漸凍人協會以大謀的生命故事為主題製作的短片《微光不熄》配上英文字幕，在大會上播放，並請大謀錄一段話，作為整個演講的結尾。

雖然英語不是我的母語，但是愛與勇氣的主題是超越語言與國界的。從我開始講話，整個會場無比安靜；在我分享的過程中，看到有人淚流滿面；結束前，大家注視著舞台上方的大銀幕，畫面上，大謀正配合呼吸器的節奏，用英文緩緩說出：「We are physically ill, however, our mind is clear and healthy. We still can contribute to our communities and society. Don't Give up!」（雖然我們的身體病了，但是頭腦清楚，精神健康。我們仍然可以為社會做出貢獻。不要放棄！）當短片播放完，會場上有人站起來鼓掌，我看見坐在輪椅上的病友們，無法起身，也無法鼓掌，但他們的表情激動，眼睛閃著淚和光。

我站在講台上時，Gudjon 的女兒 Arnny 用手機拍了照片傳到大課的臉書上，寫到：「Your beautiful wife is an amazing speaker! Your story is such an inspiration and I love you guys so much. Thank you both for being so brave and teaching us how true love is.」（你美麗的妻子是一位了不起的演講者！你們的故事鼓舞人心，我愛你們。你們如此勇敢，謝謝你們教會我們什麼是真愛。）

挪威的自由靈魂

挪威是很遙遠的國度
在冰島參加北歐大會時，遇到一對挪威戀人

在雷克雅維克，我住在一個靠近會場的小旅館，離海邊很近
冰島的八月，日照時間最長的季節
結束一天的行程，晚上十點多天還大亮，我便步行到海邊
時常在旅館樓下遇到這兩個人
男生很帥，留著壞壞的鬍鬚
女生的年紀看起來比男生大
後來，在會場遇到他們，我刻意跟他們坐在同一桌
我被安排在大會上第一個演講
愛情故事是跨越文化與國界的
就這樣，我的故事讓一群全世界最無憂無慮的北歐人動容了
晚宴時，我在洗手間碰到這女生
她流著淚，講了她的故事
一個想愛不能愛卻又不願意違背靈魂的故事
她離開丈夫和孩子，跟這個已經確診漸凍症的男人私奔了

我在雷克雅維克的最後一夜

女生希望我去找男生聊聊，因為——他想自殺

我坐在男生的旁邊，女生刻意迴避了

男生問我：是她讓妳來找我嗎？

我說：是。

他問我：介意我抽菸嗎？

我搖搖頭。

他有點顫抖地拿出菸，我為他點著。

他沉默了好一會兒，終於說出：我沒有Tom勇敢

……

那一夜，跟這群愛喝酒的北歐人說說笑笑

夾雜著眼淚與勝過千言萬語的擁抱，一直到凌晨

回到旅館已經快兩點，收收東西，直接奔向機場

兩年後的一天，我在臉書上看到

女生把自己的簽名照換成了他們在 Blue Lagoon（冰島藍湖）溫泉的親密合照

燦爛的笑容，沒人知道這兩個靈魂正在經歷的煎熬

我在臉書上留言，說看到他們很開心

女生說：想你和 Tom

他們決定在一起，男生也同意氣切了

又過了兩年

我享受了在台北美好的天空下自由奔跑後回到家

打開電腦，臉書的第一條貼文是女生前一晚發的

我不懂挪威語

但是知道這一天可能是什麼特別的日子

男生走了

在那個自由的國度

他選擇，在愛的包圍下，撤除維生設備

看起
坐雲

我落淚了
一半喜悅，一半悲傷
喜悅的是，有一個靈魂，以他希望的方式，真的自由了
悲傷的原因，是複雜的
我們都知道，在生命中，選擇無畏，很難
然而，有時候，選擇有所「畏」，可能，也很難
女生臉書的簽名照至今還是他們在冰島藍湖的合照

Do Something

比利時漸凍人協會主席 Danny 和太太 Mia 在離開台北之前來家裡看我。

與 Danny 和 Mia 認識是在二〇〇七年多倫多的國際漸凍人協會聯盟大會上，那時，剛發病兩年，手開始沒有力氣，不過還可以走路。記得剛見面的時候，只聊了一會兒天，互相寒暄一番，彼此留下了很好的印象。直到二〇一三年，Kiki 在米蘭出席國際大會時，再次延續這個緣分。

Danny 和 Mia 是很了不起的人，Danny 生病三十七年，一直保持正面的態度，他說：「我可以選擇 do something or do nothing（做點事情或者什麼都不做），我選擇 do something（做點事情），為人們帶來了正面影響。」在比利時，很多人說應該給 Danny 塑立雕像，但是他說：「我只是做了力所能及的事情。」他也提到：「很多有能力的人選擇 do nothing，我覺得很可惜。」

我們昨天也談到比利時有一小部分的人對於 Danny 決定捐贈輪椅給台灣感到不解，他們問：「台灣那麼遠，跟比利時有什麼關係？」Danny 跟他們說：「People are people, people with ALS are people with ALS, no matter where they live.（人就是人，漸凍病友就是漸凍病友，跟他們生活在哪裡沒有關係。）」

聽了這段話，很感動，這是人與人之間的關懷與大愛。Danny 和 Mia 希望他們只是拋磚引玉，未來更多漸凍人協會能夠有國際間的合作。Kiki 在今年國際大會也會把這個理念分享出去。

（取自大謀臉書 2015 年 11 月 17 日）

二〇一五年四月，Danny 出席亞太運動神經元疾病大會時，看到台灣病友缺乏滿足漸凍人特殊需求的行動輔具，自主活動能力受限，因此決定捐贈十四輛狀況良好的二手智慧型電動輪椅。

比利時的社會福利非常好，身障朋友可以免費獲得所需的客製化電動輪椅，但由於病程變化或者往生，就用不上輪椅了，比利時漸凍人協會與輪椅廠商合作，對狀況比較好的二手輪椅進行回收與維護，再免費提供給有需要的人。在參與國際交流時，Danny發現很多地區的病友都無法獲得良好的電動輪椅，因此開始了跨國捐贈電輪計畫。

在溝通與協調此次捐贈的過程中，Danny與其精悍團隊（由一名員工與幾位志工組成）的辦事能力與效率令我佩服。電動輪椅體積龐大，控制電路精密複雜，電池又怕受潮，運送要求繁瑣，台灣貨代公司給出的報價幾乎是天價。Danny知道後，立即在歐洲聯絡，找到了願意免費承接這次跨海運輸的愛心貨運公司。

為了讓這批輪椅進入台灣，漸凍人協會與政府部門多次溝通，最後不得不拜託不分區立委楊玉欣協助，在來來回回的溝通過程中，了解到政府部門對於身障朋友的行動需求不夠重視，以及在醫療輔具進口方面的法規嚴苛限制等情況。因此，利用此次跨國輪椅捐贈，聯合多個相關團體共同舉辦記者會，透過媒體向社會呼籲。於是，在舉辦捐贈記者會時，再次邀請 Danny 夫婦來台。

Danny 和 Mia 第二次來對這個島嶼倍感親切。前一次帶他們上了陽明山，在用餐時沒有無障礙設施，輪椅無法進入餐廳，但台灣人的熱情、友好與創意解決問題的能力消弭了這些障礙。這次帶他們領略了野柳獨特的景觀，又帶他們到辦公室與協會同仁和志工夥伴親切互動。兩次的接待，讓我們宛如一家人，Danny 與大謀互稱兄弟，還管媽咪叫「台灣媽咪」。

送走他們的第二天，大謀在臉書發文：

Dear brother, remember what Mom told you yesterday, this is your second home. Whenever you feel homesick, come back!

（親愛的兄弟，記得媽咪昨天對你說的，台灣是你第二個家，當想家的時候，就回來！）

二〇一五年底這批輪椅捐贈引起廣泛的社會關注，多家媒體爭相採訪報導。但是，想到當時引進這批電動輪椅的過程中，遭遇種種波折，我在想台灣真的是一個開放、包容的社會嗎？我們真的平等對待身障朋友嗎？然而，任何改變都不是一夜之間發生的，尤其是政策與法規的鬆動，其背後所牽扯的太複雜。這批輪椅進入台灣後在使用上仍受到諸多限制，在改造方面沒有專業工程師支援，也沒有零部件替換，最近幾年不得不陸續做報廢處理。回頭看，也許有種竹籃打水一場空的感覺，但是在「做點事情」與「什麼都不做」之間，若換做你，會怎麼選擇？

讓花盛開

台北還只是秋天，而北京早已是深冬，平均氣溫在零度左右。二〇一四年十一月底，應北京東方絲雨漸凍人罕見病關愛中心之邀前往北京參加第一屆漸凍病友大會，雖然只有短短的三天兩夜，但是帶給我的是滿滿的感動。

「東方絲雨」是一個由病友組織成立的民間團體，他們的理事長王金環是病友家屬。病友劉繼軍和王金環在大學的時候就是班對，八年前劉繼軍開始發病，現在已經氣切。他病後深深感到罹患漸凍症的痛苦與無奈，所以立志要成立一個基金會專門為病友服務。在成立的過程中，他們得到了最親密的支持——大學同學8511班。誰能想到年輕時最好的同學竟然時隔近三十年又再一次為了相同的心願走到一起？曾經的最佳友誼如今竟開出最美麗、最燦爛的花朵！

（劉學慧〈北京之行 感動滿滿〉）

世間的緣分真是奇妙，一場相同的疾病，把千里之外的人們拉近，也許這就叫「同病相連」，又或許因為懷著相同的心願，愛會相互吸引、匯聚，然後創造全新的能量。

二〇一四年底，我與協會同仁、醫師另一行人前往布魯斯塞爾出席國際聯盟大會，也是在那次大會上，邀請 Danny 和 Mia 參加次年春天在台北舉辦的第一屆亞太運動神經元疾病大會，才有了之後的輪椅捐贈，以及跨國的友情。同時間，媽咪與沈心慧老師受邀前往北京出席大陸的第一屆漸凍病友大會，北京之行，滿滿的感動之餘，跨越海峽的愛與激勵，還有合作也開始萌芽。

Chapter 5

還至
本處

Sky and Land

一切能捨

若有所施，當願眾生，一切能捨，心無愛著。

——《華嚴經 淨行品》

「你們都是我的驕傲！」

大謀剛發病時，找命理師排過命盤，不是他告訴我的，而是整理書房雜物時發現的，有點好奇，稍微看了一下，也沒當回事。過了幾年，突然想起上面的「預言」，說大謀四十歲後有幾次劫難，只要能安然度過，就會海闊天空。

說是巧合也確是巧合，大謀四十歲生日是我們從上海搬回台灣的半年後，之後隨著疾病進展，身體狀況不穩定，進出醫院成了家常便飯，直到氣切，經過一段時間的適應，才恢復平穩。大謀再去忠孝醫院，都不是去看診，而是參加漸凍人協會在祈翔病房舉辦的活動。漸漸地，我們參與協會的事務也越來越深，並且成為核心領導團隊成員。

二〇一六年一月二十七日是大謀四十六歲生日，前一年，我們過得忙碌而又充實，雖然也有驚心動魄的時刻，還好有驚無險。我有一種預感，這個生日過完，將有更大的挑戰和承擔在等著大謀，或者說，我們。距離這日結束只剩下半個小時，我在臉書上寫下幾句簡單的話，當作生日禮物。

一起走過的二〇一五，有好多重要的時刻：

在你的幫助下，我順利考上東吳EMBA，正式成為你的學妹

在你的協助下，完成《無言的天空》的編輯，實現了對彭怡文老師的承諾

在你的支持下，我在最短的時間內考取駕照；可是自從撞牆（真的撞牆）之後，你不允許再坐在駕駛的位置，駕照只能躺在錢包作紀念

你得到復興小學「傑出校友」榮譽，陪你回學校領獎，見識到名校的質樸品格，難怪你的小學同學都好優秀

亞太會議期間，你代表台灣病友分享生命故事，而且是大會的第一個演講

你寫的閱讀星雲大師《貧僧有話要說》的迴響被選登，收錄在《貧僧說話的迴響》

你受邀去慈濟醫院跟醫護人員分享生命故事

我與媽咪同台，在福山寺分享你和爸爸的故事

你為我在協調比利時輪椅捐贈案中給了好多寶貴的意見

你得到金鷹獎，好多好朋友去現場為你喝采

在你的鼓勵下，我完成了人生的第一個半馬

……

已經準備好了明早的跑步裝備，因為我從不缺乏奔跑的動力！我們的生活不是馬拉松，而是超級馬拉松，要一起加油，才能跑得更久、更遠

給我人生的導師、老闆、另一半、最好的朋友，遲到的祝福：生日快樂！

感謝你的出現，我的生命才更加精采！

好多好友留言祝福，其中有一條來自媽咪：「我親愛的孩子們，你們都是我的驕傲！」

難捨，能不能捨？

爸爸的書中有一句嘉言，「難捨能捨，難行能行」，這是一種態度，決心，很勵志，可是，到了實際的生活中，真的能說到就做到嗎？

二〇一六年從春節前開始，我們家的訪客比平常多起來。從漸凍人協會創會理事長蔡清標醫師到歷任理事長，以及從協會草創開始將近二十年來擔任志工、理監事的前輩們，都一一出現在大謀的房間，大家共同的目的是：說服大謀參選第十任理事長。

每個人講述一段協會的歷史，一段與陳宏老師有關的回憶，一個病友的真實故事，一份相同的期待。大謀始終靜靜聆聽，而我的心情很複雜。一想到這些年，大謀身體不斷退化，一點風吹草動，都會讓我們的生活雪上加霜。突然的設備狀況、停水、停電，看護突然回國或者期滿，找不到人接續或者幫忙時，擔驚受怕以及身心承受的壓力……。我再也忍不下去了，哭著說出了積壓在心中的委屈：大謀是氣切病友，我是家屬，我們一直都在儘量幫忙協會，為什麼非要出來當理事長？

誰知道我們真正的生活是什麼樣？誰又體會我們猶如走在鋼絲上的日常？他們說他們懂，我說你們不懂。當大謀命懸一線時，誰最擔心？當找不到看護時，誰放下手上的事情頂上去？眼睜睜看著心愛的人，生命一點點流失，他僅存的一點點氣力，非要快快耗光嗎？

可是，大謀跟我的想法或者思考的出發點不同。協會第二任理事長榮總心臟科徐粹烈醫師一直在國外，有一天夜裡他突然來訪時，大謀竟然鬆口了。在德高望重的徐大夫面前，我沒有說話。送走徐大夫後，我跟大謀開始理論，質問他為什麼變卦。最後，不歡而散，我生氣地躲進書房再也沒有出來，第二天一早，我有一場半馬比賽。

整夜，我翻來覆去，回想著眾人的期待，回想著媽咪說：「**如果你們真想做點事情，就必須在某些位置，而且必須捨棄一些東西。**」那個位置很明顯，此刻就是理事長一職。要捨棄的東西包括很多，時間、精力、金錢，還有自我、任性、執著。

我一直很在乎「意義」二字。對於能選擇的，我看中其背後的意義；對於無法選擇的，我會用意義來說服自己。回到自己的人生，到底怎樣才是有意義？所謂的意義到底是別人賦予還是靠自己去定義？從起跑後，我腦海裡的這些疑問跟著腳下的步伐一刻也沒停下。

幾年前，第一次參加家屬輔導團體，聽到帶領老師說到 Viktor Frankl，他在集中營中的經歷，成就了他日後影響深遠的意義療法，Frankl 說生命的意義存在於探索的過程。當初選擇氣切，就是因為知道只有活著，才有探索答案的可能。大謀活下來了，他想用自己的方式探索，我怎麼能剝奪他的權利？我曾經對他說「士為知己者死」，連命都可以為他捨，還有什麼不能捨？

我加快腳步衝向終點，在心裡對大謀喊話：

Go, I'm here for you!（加油吧！我支持你！）

牽掛

在大謀決定參選理事長的第三天，我搭上了前往西安的飛機，看望生病的媽媽。命運總喜歡捉弄人，讓我在這個時候，多了一份牽掛。身體不算硬朗的媽媽，平日小病小痛不斷，並無大礙。幾年前，半月板軟骨開刀後，時常聽她抱怨走路久了會痛，上下樓梯腿腳不太好使。這段時間，竟然連去市場買菜都成了困難的事，更別說去跳她喜歡的廣場舞。她一直瞞著我，怕我擔心，是姐姐偷偷告訴我才知道。

在西安的幾日，第一次幫媽媽洗腳、按摩，剛開始她還不習慣，也不好意思，後來，她每次都念：「慣了壞習慣，妳回去，就沒有人按摩了。」

清明節附近，正好是薺菜最嫩最香的時節。媽媽的招牌薺菜豆腐雞蛋水餃是我的最愛，每年這個季節回西安，可以連著每天吃都不會厭。這次媽媽一直念著要給我包薺菜餃子，而我惦記著她腿疼，不能久站，就說：「最近不想吃餃子。」

在西安長大的我，從小卻不喜歡麵食，每次遇到家裡吃麵條或水餃，放學回家一看到就委屈地掉眼淚，媽媽總是說：「不要哭，給你蒸了一碗米飯，炒了青菜蘑菇、綠豆芽。」讀大學後，到了坐火車要十五個小時遠的地方，每年只能在寒暑假回家，於是，麵條和水餃成了拉近與家距離的食物。

早上，我還沒起床就聽到媽媽在廚房忙活，前一天晚上她就念：「我娃明兒個就要回去，沒有做餃子給我娃吃，覺得心不甘。」我推開廚房門，餃子麵已經和好，媽媽正在準備配水餃的涼菜。

在西安幾日，每天與大謀通好多次電話，幫他傳 Line，寫 email，記錄想法。離選舉只剩下幾週，還有好多前置作業要處理。回台北後，馬上又要跟東吳 EMBA 的同學去日本參訪，在這之前，必須整理出協會當前最急需解決問題、選舉完立即要做的事情，以及兩年任期內要達成的目標。

日本之行

寒假前，我們班的海外參訪行程確定後，聽到有同學帶媽媽前往，我回來跟大謀說也想帶媽咪一起去，他很支持。

在我還是大謀的女朋友時，第一次與媽咪見面是在新加坡，那時，我知道，她的退休生活幾乎都用來陪伴爸爸寫稿，比退休前更忙碌、辛苦。爸爸每週一篇專欄，媽咪完全沒有休閒放鬆的時間。從那以後，我們每一次見面，大謀都用心規劃，希望為媽咪創造一次度假機會。

大謀對母親的愛是靜靜的，我與媽咪在日本的幾天，他不停地Line我，問媽咪開不開心。一路上，我拍了好多媽咪的照片，在奈良餵小鹿斑比、在京都吃霜淇淋、喝抹茶、在淡路島散步、在大阪逛街、在居酒屋與同學們喝酒吃串燒、在泡麵館DIY、在一蘭吃拉麵……。照片發在臉書上，大謀的同學看到後留言說很少見過媳婦和婆婆關係這麼好的。

五天四夜的行程，與媽咪二十四小時在一起，聊了很多，也算是我此次日本之行收穫最大的一部分。雖然我們生活在同一屋簷下，能夠這樣盡情暢談的機會還真不多，我們都有各自忙碌的事情。向同學介紹媽咪時，我很自豪，這位女性除了自己發光之外，更了不起的地方是讓她生命中每一個人都閃耀出他們最耀眼的光。在我的心目中，一位最偉大的女性，除了奉獻和成就家人之外，也要圓滿自己，而媽咪就是這樣一位女性。

媽咪是天生的領導者，有著與生俱來的親切感，命運又讓各種考驗磨礪出她無畏的勇氣，兼具獅子座的氣度與格局，又有著處女座的細緻與認真，再加上歲月的累積，智慧的沉澱，成就了今日最樸實、謙卑而又最閃亮的她。無論是退休前還是退休後，不管帶領哪個團體，她都是一位平易近人、令人敬佩的領導者。

我，先認識了她的兒子，被她兒子的領導魅力與出色人品所吸引，優秀的人很多，然而品格、學識、格局俱佳的人少之又少。進入這個家庭，看到一家人在面對如此巨大的考驗時，所展現的除了個體的強韌外，更展現出人性之光，也讓我相信這世間善與美的力量。媽咪在母親的角色下，呵護每一位子女，也在母親的責任下，引導和督促下一代。我，也許沒有機會教育我的下一代，但是，作為這個家庭的一員，至少，會用同樣的愛去陪伴這個家庭，同時，圓滿我自己的生命。

當選

眾望所歸，大謀成為漸凍人協會成立十九年來首位漸凍病友理事長。在當選感言中，他這樣說：

謝謝大家的支持，我當選了理事長，林詠沂大哥擔任副理事長。謝謝劉延鉅理事長以及歷任理事長，對協會無私地奉獻。在十多年前，自從我的父親陳宏老師，生病的時候開始接觸協會，那時就覺得協會是一個大家庭，病友、家屬、志工、工作同仁就是我的家人，後來自己生病了，這種感覺更加強烈。

今天，很榮幸被大家推選出來為我們病友與家屬服務，希望：病友們的生命價值能夠體現、家屬們的辛苦能夠被社會看到、結合更多的醫療資源，讓更多專家們關注漸凍症的研究、協會能夠提供更好的服務。我們大家一起努力，謝謝大家！

當熟悉我們的朋友得知大謀當選，送上的第一句話都是：「任重道遠！」還會加上一句：「以後要更辛苦了！」果然，剛上任，行程就滿檔：

四月二十三日，星期六，大謀當選理事長

四月二十四日，星期日，我在東吳上了一整天課，晚上回到家，大謀讓我幫他打字，說要寫一封信給所有工作同仁，希望大家第二天進辦公室一打開電腦就能看到，信的主題是「我們一起努力！」

四月二十五日，星期一，寫信給所有主管，第一次主管會議議程，各部門介紹目前進行以及未來兩個月預計進行的工作，以及下一步的 to-do list

四月二十六日，星期二，第一次主管會議

四月三十日，星期六，參加祈翔病房「溫馨五月天，陪伴漸凍人音樂分享會」

五月五日，星期六，出席東吳大學商學院戈壁挑戰記者會

五月九日，星期一，到協會慰問和感謝襪娃志工，下午開主管會議

五月十三日，星期五，拜訪忠孝醫院院長

五月十五日，星期日，第十屆第一次常務理監事會

五月二十三日，星期一，主管會議……

「觀自在菩薩……」

選舉完的第一個月，就陪著大謀馬不停蹄，一邊還要趕一個又一個deadline（截止日期），工作上，學業上。原本就忙碌的日常，又多了許多新的事情，我的精神緊繃，腦袋要轉得比平日更快。

晚上看護休息，輪到我值班，為大謀打完字，我說：「可不可以暫時不要做你的手、你的腳、你的口？」

大謀說把電腦收掉，讓我躺在他旁邊。我爬上電動床，緊貼著他，他知道我很累，問我：「我給你誦《心經》好嗎？」

我說好，當他用不太清楚的聲音說出「觀自在菩薩……」，我淚流滿面。

忠實的追隨者

有一天，與協會的工作同仁聊天，她第一次跟大謀共事，剛開始壓力很大。既要膽大又要心細，說話要有邏輯，簡報不能太醜，還要反應快、做事快⋯⋯。

我笑著問她：「知道我為什麼跑步很厲害嗎？」

她搖搖頭。

我說：「十多年來，跟在大謀身後，都是用『跑』的。趕不上的時候，就哭，哭完了，繼續『跑』。練了十年的功，跑得不快才怪呢！」

我很少讓大謀把話說兩遍，因為知道他說話很累，所以，在大謀的房間，到處都有隨手可拿到的筆和紙，隨時記錄他的想法。

只要大謀吩咐過的事情，我都會盡全力做到最好，不是因為他是我的先生，而是因為我是他忠實的追隨者。我相信他的遠見，相信他的深思熟慮、相信他的顧全大局、相信他的帶領。所以，我會繼續跑在他的身後，即便知道永遠都「趕」不上他，但是我不會停止腳步。

迎向光的方向

漸凍症／目前還沒有藥物可以治療／但是，／可以許願嗎？
我好想有一個小孩／有我的善良，她的溫柔／但是不要得我的病
她是我一生摯愛／我好想知道她在想什麼／但是，她連眼睛也快不能動了
我好想聽到爸爸對我說／「兒子，你是爸爸的驕傲！」／可是，他已經不能說話了
她說好懷念我做的鬆餅／好想，為她做早餐／可是她不能吃東西了
她說喜歡我騎摩托車的樣子／好想，載著她去環島／可是我只能躺

在床上

假如只能許一個願望／我希望是，有治癒ALS的解藥

……

七月十六至十七日，第十屆理監事生活營在一段我和大謀製作的影片「迎向光的方向」中開場，用Yiruma演奏的《Kiss the Rain》鋼琴曲作為背景音樂，每一個音符像雨滴、像眼淚，落在身上、心中，輕輕翻動的照片，每一張都靜靜地述說漸凍病友心底對於解藥的熱切渴望，雖然渺茫，雖然遙遙無期，但是，但是，但是，真的，真的，真的，我們至少要邁出哪怕只是一小步。

大謀在開場中說：

希望藉由漸凍症醫療和輔具研究的講座，讓理監事們了解最新的研

究，也希望藉此機會能夠和優秀的醫生以及專家學者建立緊密的關係。

國際上，很多協會把冰桶挑戰的善款相當一部分投入漸凍人的相關研究。雖然研究之路很漫長，但是如果我們不往前走，就永遠到不了終點。

謝謝在這路上，陪著我們的專家學者們，因為有你們的陪伴，我們並不孤單。

從創會就參與協會、曾擔任過兩任理事長、持續在常務理事會服務的沈心慧老師參加完第一天的生活營，當晚興奮地在臉書上寫道：

第十屆理監事生活營，第一天「漸凍症與醫療研究講座」，內容非常精采。

感謝大謀理事長的精心安排，邀請漸凍症研究相關的專家，讓理監事們了解當前醫療研究的概況，也讓大夥兒對於未來非常期待。

生活營的演講嘉賓之一，北科大電機系劉益宏教授，從二〇一五年十月份以來，一直在為漸凍病友開發腦波溝通輔具。當天活動後，劉教授深受感動，在臉書上發文：

不要按讚，因為漸凍症(ALS)病友是菩薩，他們承擔了不到0.1%的基因病變與運動神經元退化的機率，剩下超過99.9%的健康運動神經元，都留給了我們，讓我們可以騎車去環島、拿冰桶往自己身上潑、敲著滑鼠按讚、不用花任何力氣就可以拿起一根輕到不能再輕的羽毛。

這是第一場讓我感動與沉重的演講，我們還是做得太少、太慢。

每年，台灣新增ALS的人數平均只有一百多人，因此，衛福部在此少數中的少數疾病上，並未有太多的照顧；在研究領域中，也未受到太多的關注；在尋求產業可能的資金挹注上，也不是件容易的事情，因為，這個市場對於醫療產業來說，是個沒有報酬的市場。但是，在一群病友、家屬、醫師、志工所組成的協會裡，我還是看到了讓我感動的地方，一種純粹的感動。我想到了《野百合也有春天》這首歌。

有病友說我們是菩薩，我聽了很慚愧，因為我目前還沒有能力幫他們改變什麼，反倒是他們無怨地協助我的實驗，還要我轉告我的研究生，要謝謝他們在實驗時的細心與關心。

要珍惜我們可以開口、動手的每一天。照片中的病友、不在照片中的病友、已經離開人世的病友（包括我太太的姑爹），都是菩薩跟天使。我們會繼續努力的。

今何故來？

這裡寸草不生，只有炙熱的空氣與被太陽烤得滾燙的沙子和石塊，世間的一切羈絆，在這片土地上，都跟汗水一起蒸發了。回歸質樸，用最純淨的心、最簡單的信念，接受天地的試煉。

玄奘法師在茫茫戈壁自問：「今何故來？」你在烈日下，徒步於漫天黃沙之中，乾燥的空氣讓呼吸變得困難，喉嚨宛如吞火般灼痛，全身無比乏力，若是倒下，也許真的就成了大漠裡又一具無人記得的白骨。耳邊是野風的咆哮，沙子與石塊的土地上是沒有道路的，更不會留下走過的人的腳印，偌大天地間，深感人之渺小！你又一次聽到心底的那個質問：「你為何來到這裡？」

——屈穎〈絕境中的信念〉

菩薩戒

「戒為無上菩提本，應當一心持淨戒。」翻開《菩薩戒戒本》第一頁，寫著兩句偈。

上山受菩薩戒的前一晚，幫大謀把週日下午協會常務會議簡報準備好，聊到第二天去高雄佛光山受戒的事情。

大謀問我：菩薩戒的戒條是什麼？

我說：不知道。

大謀又問：不知道，還敢去受戒？

我說：以前會怕，但是這次覺得時間到了，受了才知道能不能做到。

大謀笑著說：沒關係，可以復戒。

二〇一六年十月十五日，從上山報到完，就開始跟著近二千人的隊伍，不知道整個儀式的安排，做完一步，再由引領法師告訴我們下一步做什麼。

上一次「衝」上山是二〇一〇年三月，誦了一個月的《地藏經》，突然覺得可以皈依了。當得知星雲大師在高雄佛光山辦三皈五戒，就請媽咪幫我報名。媽咪從道場打電話問我：「師父問要不要受五戒？」我只聽過「（豬）八戒」，不知道「五戒」，就問「什麼是五戒？」「不殺生、不偷盜、不邪淫、不妄語、不飲酒」，一聽都不是難事，立即說「好」。媽咪當天在道場請了海青送給我。

為什麼突然想受菩薩戒？其實，也不算突然，跟媽咪進出道場次數多了，認識的法師也多了，我對於法師們除了敬佩，還有些許羨慕，莊嚴的法相與威儀，字句中流露著柔軟與慈悲，而且佛光山的法師自有一種特別的親切感，每每看到你都彷彿是久別的重逢。也許因為爸爸媽咪的關係，我得到法師們更多的關心和鼓勵。得知菩薩戒是在家眾可以受的最高戒時，就很想試看看。尤其是，大謀氣切後，灌食改為素食配方，我也從原本陪他吃十齋改為全部吃素，過度得自然，而且還能烹飪一手好看、好吃又營養的素食。也許，就像常說的，時間到了。這次，我自己去道場報名。媽咪說為我感到驕傲。

雖然每年至少回山一次，但大都是跟媽咪一起，要嘛參加山上的活動，要嘛我們婆媳受邀同台分享，而這次一個人從台北坐高鐵到左營、換哈佛快線上山，再拉著行李穿過悠悠長廊，有一種孤寂與決絕的感覺。報到之後，沒有自由活動的時間，一切活動都跟著隊伍，第一天的儀式持續到夜裡十一點。

回到寮房洗漱後，翻開菩薩戒的戒本，逐條看過，合上。因為在禁語中，大家都很安靜，動作也很輕。我爬上床鋪，盤腿，閉眼，調整呼吸，腦海裡浮現出拜懺時的情景。當心定和尚唱誦出「往昔所造諸惡業，皆由無始貪瞋癡」，我的眼前浮現很多苦痛的畫面，戰爭殺戮、水火災難、強盜搶奪、產婦身陷血泊、車禍中掙扎的身影、動物被虐待殘殺⋯⋯，一幕幕像是電影畫面般快速切換、交疊，卻又如身臨其境，雖然痛不在我身，但我的心宛如刀割，眼淚不斷湧出。一個多小時的拜懺，和尚唱誦未停，我的淚水也未歇。

第二日天亮前朝山。時節已過中秋，可絲毫沒有涼意，空氣依舊潮溼、悶熱。山上樹木茂盛，只有在晨間才能聞到的草木花香與露水清幽，讓早被汗水浸透的海青輕盈飄逸起來。

早上過堂後，聆聽星雲大師開示，因為下午是協會的常務會議，聽完大師開示，來不及過堂和受領戒牒，立即趕往高鐵站返回台北。到家的時候，客廳裡已經坐滿人，大謀躺在輪椅上，媽咪在一旁協助，大謀看到我，如釋重負，因為只有我能聽懂他說的每個字。

次日，一位法師得知我受了菩薩戒，立即打電話過來開示並勉勵一番，送我一句話，這句話至今貼在我一抬頭就能看到的地方：「不忍眾生苦，長養慈悲心。」

眾神護佑

跟西安媽媽通完電話已經十點多了。掛電話前，她還在那頭一邊怪姐姐太快告訴我，一邊安慰我，怕我太過擔心晚上睡不好。晚餐後，爸爸感到胸口一陣悶痛，像被重重一擊，以為稍做休息會好轉，卻發現呼吸越來越費力，臉色蒼白，額頭流下豆大汗珠。媽媽打電話給住在附近的姐姐。姐姐和姐夫送爸爸去醫院掛急診。媽媽自己身體不好，沒有一同前往。

跟媽媽講電話的時候，我還穿著晚上跑步時的衣服，全身早已冰冷。進到大謀房間，一句話還沒說完，就淚流滿面，大謀催我趕快去洗澡。蓮蓬頭的水從頭頂沖下來，淚水也跟著流下來，腦海裡是爸爸躺在漆黑的病房裡的情景。

爸爸是農村長大的孩子，吃苦耐勞。在我的記憶中，他只病過一次。當時，我還沒有上小學，有一個夏天，爸爸回鄉下幫爺爺收麥子，期間，他開始拉肚子，嚴重到無法下地走路。八〇年代的農村，醫療資源有限，好心的鄉親嘗試了各種偏方，爸爸的情況都不見好轉。後來，爸爸的單位派車專程把他接回城市接受治療。我還記得那幾天因為下過雨，地上泥濘不堪，車子無法開到家門口。很多鄰居幫忙把爸爸移到門板上，然後再一起抬到停在村口的車上。

我在上海期間，偶爾聽爸爸說當醫生的哥哥讓他吃心血管保健方面的藥，慶幸家裡有貼身的醫生，便不再多操心。後來，哥哥去天津工作，我到了台北，一年最多回去一兩次，每次問他身體，他都笑著說：「好著呢！能吃能睡。」

前幾年爸爸退休了，剛開始還有點不適應，白髮和皺紋明顯多了。他不喜歡身邊老年人的活動，打門球、聊天、曬太陽，他喜歡旅遊，多年來因為工作跑過許多地方，但退休後反而沒了機會，哥哥嫂嫂在外地工作，孩子留給爸爸和媽媽帶，姐姐又開了安親班，爸爸一週五天過去幫忙。

從浴室出來，拿起手機給爸爸傳了一條簡訊，希望他第二天一醒來就能看到：「爸，知道你住院了，怕這時候打電話吵到其他人，你，受苦了！我很難過，這個時候不能為你做什麼……放寬心，不管檢查是什麼結果，都積極面對吧！你的身上還有很大的責任，就是要繼續堅強！很愛你的女兒穎」

吹乾頭髮，燃一炷香，跪在佛前，又是淚流滿面，我什麼都無法為他做，只能誦《藥師經》回向。

第二天一早，安頓好大謀，想去台北道場十四樓大殿為爸爸誦經，祈求平安。下了捷運，看到姐姐傳來爸爸躺在病床上，等待進手術室的照片。那個曾為我遮風擋雨的人，此刻是那麼弱小，冰冷的醫院，冰冷的病床，厚厚的被子，只看到一個小小的身影。聽說受完菩薩戒會有護法隨行，我心裡悄悄地說：可不可以請各位護法去西安保護我的爸爸？眼淚靜靜地滾落。

禮佛、誦經、回向，願天下所有的父母都能健康平安，他們為家庭、社會奉獻一生，請賜與他們健康的體魄，讓他們能夠安度晚年。

離開道場，我打開手機，收到姐姐傳來的語音訊息，醫生原本判斷血管堵塞需要做心臟搭橋手術，但進手術室前，再次拍片確認，說目前還不用，打兩天點滴，在醫院觀察一下，沒有問題就可以出院，之後要注意生活和飲食上做必要地調整。

我又流下了眼淚，感謝眾神護佑！

南無藥師琉璃光如來

已經快夜裡十一點了，媽咪還坐在我的電腦前選照片，馬來西亞《普門》雜誌有一篇她的專訪，需要提供不同時期的照片。

我提醒說：「媽咪，上樓休息吧。好好睡一覺，明天才有體力。」

她有點委屈地說：「十二點開始就不能吃東西，不能喝水，明早不能吃你做的早餐了。」

我說：「沒關係，等好了，還是可以吃的。」

二〇一七年初開始，媽咪的體重一直掉，健康檢查結果，好幾個地方亮起紅燈。她很擔心，畢竟，有一大家人要她操心。我跟大謀陪媽咪一起檢討爸爸離開後的生活，她沒有比之前輕鬆，反而更忙了。她接了台北道場教師分會會長工作，會議、活動特別多；澌凍人協會的事情，她還一直在幫忙，大謀擔任理事長後，雜務更多了。

也許長期太累，胃口變小，每天行程排得太滿，早上的運動也停了。於是，我和大謀的建議是：「媽咪要好好吃飯、好好睡覺、好好運動。」媽咪白天都在外面忙，因此，早餐就交給我來搭配。

幾天前的早上，媽咪吃著早餐，說：「我一天的營養都靠這一餐了，最近覺得精神比之前好。」

其實，那早餐有什麼，不就是一顆蛋，有時煮溫泉蛋，有時煎太陽蛋，媽咪喜歡吃蛋黃半熟，配一片全麥核桃吐司，烤得香香脆脆的，上面放上起司，溫度剛好融化，咬下去不會燙口。這是喝完現打綜合蔬果汁後決定要不要加點的，媽咪喜歡地瓜、藍莓、核桃攪拌後變化出的夢幻紫色，也喜歡南瓜、杏仁、梅乾、牛奶旋轉後產生的陽光金色，運動回來，若喝上一杯爽口的桑葚、鳳梨、蘋果醋調配出的酸甜飲料，她說解渴、開胃，很舒服，要再配上點主食就更棒了。

唉，說起來真慚愧，不是媽咪胃口差，而是長期以來，都是她照顧別人，當她需要人照顧的時候，卻沒有人為她料理簡單的膳食。

前一天晚上，媽咪坐在大謀旁邊，說：「隔日的小手術，不要Kiki陪，Kiki太忙了，哥哥嫂嫂會去，就很好了。」

我問：「醫生有建議術後恢復的飲食嗎？」

她說：「醫生說是非常小的手術，不用特別注意什麼，只提醒不要提重物。」

我說：「醫生的話聽聽就好，身體是自己的，我們要顧好，我會請阿水幫忙買新鮮的食材燉湯給媽咪補補，要快快恢復體力，因為是藥，所以不要介意。」

她說：「對，是藥，你以前燉的湯特別好喝……。」

我受菩薩戒後，家中不做葷食，我也不再碰生肉，但是，我知道手術後，身體的恢復需要補充優質蛋白……，而我能為她做的真的不多。

手術當天，我看時間差不多，應該已經在手術了，便停下手上的工作，在心中一遍遍默誦〈藥師咒〉：南無薄伽伐帝，鞞殺社，窶嚕薜琉璃，鉢喇婆，喝囉闍也，怛他揭多也，阿囉喝帝，三藐三勃陀耶。怛姪他，唵，鞞殺逝，鞞薩逝，鞞薩社，三沒揭帝莎訶。

「我為什麼來戈壁？」

有一天，跟大謀聊天，說想在四十歲前做點不一樣的事情，大謀說可以去參加「戈壁挑戰」一日體驗賽。二〇一六年五月，東吳大學首次以觀摩隊伍身分參賽，全員順利完賽才為學校拿到正式參賽資格。

「玄奘之路商學院戈壁挑戰賽」，簡稱「戈壁挑戰」，是一場體驗式文化賽事。賽道位在新疆與甘肅交界的「莫賀延磧戈壁」，也是一千三百多年前玄奘西行取經路上的一段。參賽者於四天中需穿越僅有地理座標、沒有既定跑道或道路、總距離約一百二十公里的賽程。全程平均海拔一千五百公尺，晝夜溫差可能高達四十度。

「反正那段時間正好在大陸，在終點迎接大家也不錯。」被大謀這麼一說，我就報名了。誰知體驗組C隊根本沒進成，直接成了競賽組A隊的後備隊員，要在戈壁跑四天。一月選拔賽，連著兩天跑二十五公里，又遇到生理期，跑得很辛苦。

「既然選擇了遠方，便只顧風雨兼程。」人生的目標也是如此，決定了，就該用實際行動努力達到。不小心進了A隊，那麼就要讓自己儘可能達到A隊的水平。我沒有長腿，也沒有健壯的體格，只能篤信質變一定要有量的累積，所以提高跑量成了我能做的為數不多的事情。颳風時逆風奔跑、下雨時在雨裡跑、低溫時在寒冷中跑、天熱時在烈日下跑。體貼的大謀，為了讓我有更多時間練跑和高品質的睡眠，他不再讓我晚上輪值夜班；節假日，因為在跑LSD（Long Slow Distance，長距離慢跑，一種提升心肺耐力的跑步訓練），他只能一個人打發時間。

出發前的週末是母親節，忙了一整天直到禮拜一早上才有機會打電話回西安，祝媽媽母親節快樂。

媽媽：是不是禮拜五出發？

我：是。

媽媽：可不可以不去？

我：不行，團體賽，不能說不去就不去。

媽媽：妳每次回西安因為氣候乾燥不適應，就會生病，不是喉嚨發炎，就是感冒發燒，甘肅比西安更乾燥，又吃不好、睡不好，我怎麼想怎麼不放心。妳比賽完有沒有可能回西安？

我：沒有可能，敦煌機場關閉，我們從北京轉機。

媽媽：我昨天晚上做了一個夢，夢到妳回到西安了，我在夢裡問妳是不是比賽完了，妳說沒有，妳說沒跑完中途自己跑回家了。我又問其他人知道嗎？妳說不知道。我想到冰箱裡還有妳愛吃的薺菜和西葫蘆，馬上和麵，準備給妳包餃子，做煎餅……。

媽媽的美夢，竟然是她的女兒當逃兵！

連續兩年，漸凍人協會都是東吳戈壁挑戰的慈善合作單位，大謀代表協會受贈，戈12誓師大會致詞時，他除了表達感謝、給選手們加油，還託付大家照顧自己的太太Kiki，惹得現場一陣鼻酸。會後大家與大謀拍照時說：「大謀學長，很有可能是Kiki照顧我們！」

出發日，大謀無法親自為我送行，媽咪開車送我到學校。媽咪到哪裡都很受歡迎，她被大家親切地稱為「Ki婆」。我這位七十八歲的婆婆依舊青春無敵、活力十足，也是一位3C達人。從出發日開始，我在臉書的貼文，她就在下面興奮地留言，不知情的人還以為署名「劉學慧」的人是我的麻吉。

昨晨送Kiki至城區部，和選手們一一握手祝福。現場教室熱情滾滾，談話得高八度、快三成，也讓我深深感受到年輕活力，遇到院長、班長、小箣等送行者。東吳有這十幾位勇者，有擔當的傻小子隊長，凝聚力十足的夥伴，定能凱旋平安歸來！祝福十二屆的小友們！——劉學慧

在戈壁上，手機訊號不穩定，但我儘量每天發文，讓遠在台北的家人和好友們及時掌握我們的情況。

Day 1

戈壁挑戰的第一天就十分 challenging（有挑戰性）

今年高溫是對身體最大的考驗

在毫無遮蔽的環境下步行六個多小時，走過三十多公里不同的地形地貌

因為戈壁水資源極其珍貴，不能洗澡，剛才簡單擦掉身上的沙土，現在躺在帳篷裡，外面非常冷，需穿羽絨外套戴毛帽

明天，挑戰才真正開始！

今天開賽時，天氣帶給我的壓力非常大，請大謀誦經和持佛號時回向給我們

團隊雖然遇到一些小狀況，但總體算平安，感謝親愛的老公！

明天需要繼續為大家祝福平安順利！

Day 2

今天體會了戈壁的孤獨
還有多變的景觀
一直想到玄奘大師曾經過這裡
這幾天遇到身體能量低點
只能靠著一份執著和堅持前進
昨日經歷高溫，今日遇到大風
感覺整個人是被風吹著走
滿臉滿眼滿嘴都是沙……

Kiki，聽到妳中氣足、氣勢旺，充滿期待，歡迎回家，身上的沙和著汗水，好好保存留個紀念吧！還是要說妳好棒，即時把握機緣，感受耳邊的風聲沙響，可不是一般人能享受到的。平安！——劉學慧第三天夜宿風車陣，手機沒有訊號，第四天進入終點才有機會發文：

在進入終點時，淚水止不住的流下

那一刻，四天一百二十四公里，辛苦、煎熬、擔心、孤獨……都化成熱淚……

昨天，穿越風車鎮時，平日最乖巧安靜的慧真仰天長嘯：我為什麼來戈壁？

這些天經歷了不同的地理環境（沙石地、鹽鹼地、駱駝刺、沙漠、丘陵、溝壑……），不同的天氣（炎熱、乾燥、沙塵暴、大風），身體、精神、意志、信念都受到極其的考驗

也許，每個人踏上戈壁的原因都不一樣，平日，我們打鬧嬉戲；在戈壁上，我看到的是朝著共同目標前進的認真、執著與努力……

謝謝最支持我的老公，每天擔驚受怕，怕我迷路、怕我受

傷，第一個恭喜我完成人生又一個里程碑

……

我要挑戰的，不是戈壁

而是，與你攜手，穿越荒蕪，抵達終點的勇氣

有緣兩天參加佛光山北區萬緣水陸大法會，沒空開手機，今天告假，至榮總追蹤。

感動妳的感動、汗水、淚水，心疼妳的腳傷和委屈，佩服妳的勇敢和毅力，妳是我們的驕傲！——劉學慧

樹葉落下的聲音

北京故事

北京東方絲雨漸凍人關愛中心（簡稱「東方絲雨」）來台灣參訪前夕，理事長金環姐問我準備什麼禮物給大謀，我說：「寫一首詩吧！」

二〇一五年四月第一屆亞太運動神經元疾病大會在台北舉辦後，除了協助北京、陝西、馬來西亞三個漸凍人團體加入國際聯盟之外，希望這個大會能持續辦下去，為亞太地區尤其是兩岸漸凍人團體和專家學者之間創造交流與合作的平台。

在聯絡幾個團體連連碰壁後，我打電話給金環姐，她一口答應：「Kiki，既然妳開口了，咱們就接！」我在電話這頭，很感動。我們從未謀面，都是從媽咪口中聽說彼此的故事，也許因為相似的經歷，心自然靠近。

金環姐與先生繼軍哥曾是高中、大學時的班對，在職場各有一片天，繼軍哥罹患漸凍症後，兩人離開熱愛的工作。繼軍哥氣切，只剩下眼睛能眨，在網路上化名「彤哥」，透過QQ，匯聚各地病友，分享愛與鼓勵。金環姐，化名「雨珠」，透過網路撒播希望的雨露。二〇一四年在大學同窗們的幫忙下，成立「東方絲雨」。

經過三個月緊鑼密鼓地籌備，二〇一七年九月，第二屆亞太地區運動神經元疾病大會在北京如期舉辦，近三百人出席，除了美國、澳洲、俄羅斯、日本、馬來西亞、蒙古以及台灣漸凍人協會代表與專家學者外，還有來自大陸二十個省的六十多位病友參加。我問一位來自煙台的家屬：「這樣陪家人出遠門會不會累？」他激動地說：「不累，見到這麼多朋友、病友，還有熱心人，覺得自己並不孤單！」

十月下旬，我與媽咪受馬來西亞漸凍人協會邀請，前往其位於吉隆坡馬大醫院的據點，就他們希望了解的主題演講，包括台灣漸凍人協會的組織架構、服務體系、志工管理、募款策略、眼控溝通輔具、永續發展等。當天，見到了在安寧病房服務的志工廖媽媽，我曾在台北大會上認識她兒子，得知廖媽媽因為在佛光山馬來西亞道場的書展上，被一本書封上的眼睛吸引而買下，後來，又在東禪寺聽到媽咪的演講，深受感動，當馬來西亞漸凍人協會成立時，她與兒子成了最早的志工。我們合照時，她手裡拿的是陳宏老師的《生命之愛》，封面照片是爸爸的學生著名攝影師蔡榮豐先生拍攝的，爸爸透過注音符號溝通板正在與媽咪拼字，就是這樣無數次凝視與眨眼的瞬間，為世間留下珍貴的千言萬語。

二〇一九年一月，「東方絲雨」在規劃設立漸凍人專屬病房之際，專門到台灣參訪學習。三天時間從北到南，參觀了忠孝醫院祈翔病房、台中曙光病房、高雄多元服務中心。北京的朋友們在離開前激動地說，一路上遇到的台灣朋友，熱情、慷慨、傾囊相授，讓人感動，他們會把在台灣學習寶貴的經驗帶回去，造福更多病友。

當初，我只是開玩笑說，想要的禮物是一首詩，沒想到，金環姐與繼軍哥不僅親自作詩一首，還請藝文界好友再作詩一首，製作成卡片，並請專業播音員進錄音室錄製。那天，大家來到大謀床前，送上卡片，我念著賢伉儷的詩篇，淚流滿面。

二〇二〇年，新冠疫情趨緩後，大陸第一個漸凍人康復護理站在北京成立。

安靜的力量

二〇一八年四月十四日，漸凍人協會會員大會，換屆選舉、交接印信，完畢回到家，我對大謀說：「恭喜你，畢業了！」

前一年七月，我去東吳大學辦完離校手續，大謀在臉書上恭喜我畢業，分享了一段他兩年前為我寫的推薦信，然後說：

回想過去的兩年，Kiki也有了很多正向的改變：認識了很多好同學、參加了「跑步玩」、認識了學長姐、一個月跑量超過兩百公里。

當初極力推薦她報考東吳EMBA，在她剛開學就不想念了的時候逼著她念完、我隨口一句話她就居然真的去跑戈壁……。

這些事情我做的太對了！

輪到我恭喜大謀畢業了，二十四個月，兩百多場會議，兩千多封郵件，一萬多則Line留言，工作時間超過三千小時。在理事長交接儀式後，播放大謀任內兩年的回顧影片《安靜的力量》，會場裡迴盪著哭泣聲，身邊的人不停地用紙巾擦眼淚，秘書長代表致詞時，一度哽咽。聽到大家的感謝與祝福，我的淚也悄悄流下，腦海裡是大謀與父親重疊的畫面，一樣偉大的靈魂，一樣令人尊敬。我偷偷看媽咪，她面容平靜，但眼睛裡閃著光，相信她一定為自己的兒子感到驕傲。

當初，我不能理解大謀為什麼突然改變想法，答應參選理事長，之後，在一篇文章中才揭曉了背後的原因：

受邀到大學去分享，在最後問答環節中，有位聽眾問我：「你已經全身癱瘓了，為什麼還會想出來分享和做那麼多的事情，你的動力是什麼？」其實，這不是我第一次被問到類似的問題，我的回答都是：「因為我想做個對社會有用的人。」

早在兩岸還不能互相交流的時候，我未曾謀面的爺爺輾轉託人帶了一封信給爸爸，信裡面有兩句話「虎行雪地梅花五，鶴步霜堤竹葉三」，意思就是說老虎和鶴只要走過都會留下印記，爺爺希望爸爸也能夠留下印記，做一個對社會有貢獻、有用的人。記憶中，爸爸很少跟我說起家鄉的事，但是那天爸爸含著眼淚，拿著這封信給我，跟我說起了好多小時候的事，也要我做一個對社會有用的人。

以前健康的時候，總是忙著想怎麼樣提出更好的解決方案、怎麼樣更好滿足客戶提出的需求、怎麼樣在第二天做出更好的簡報。從來都沒想過怎麼樣「做一個對社會有用的人」，直到生病了，不能動了，躺在床上，小時候，爸爸跟我說的話才在腦海中浮現。

爸爸在生病後，以眨眼的方式寫了三十多萬字，以他自己的經歷鼓舞了很多在逆境中徬徨掙扎的人。我沒有爸爸的文采，我想以自己的方式，為社會做一點小小的貢獻。在二○一○年，受母校東吳大學的邀請，做了第一場的分享，從學弟妹的回饋中知道這場分享給他們帶來很多觸動，能夠讓他們珍惜所有。之後，每年都會有好幾場分享的機會，只要身體不是太不舒服，我都會前往。現在雖然說話的時候更不清楚了，可是Kiki總是鼓勵我，只要我出現，就會給人很大的感動。二○一六年，協會理事長改選前，歷任理事長都到家裡來希望我能夠接下這個棒子，擔任理事長。經過了內心的一番掙扎，我不知道我的身體到底能不能負荷，協會歷屆以來還沒有病友擔任理事長的例子，因為對病友的體力會是很大的挑戰，對家人也會是很大的負擔；另一方面，我也清楚這是一次我能夠做出一點貢獻的機會，最後，想到爸爸的話，就答應了。

爺爺對爸爸的期許，爸爸很完美地做到了。而爸爸對我的期待，希望我也能做到，不讓爸爸失望！

（陳大謀〈「虎行雪地梅花五　鶴步霜堤竹葉三」〉）

走過這兩年，我漸漸領悟到，一個生命的存在，有時無關乎有用或無用。重要的是，不管在任何處境，只要能活出自己的姿態，就是豐盛的生命。就像向日葵，它是安靜的，也是最熾熱、最純粹的，無論在怎樣貧瘠的土壤上，都會綻放出最絢爛的花朵。

池上半日

在大謀擔任理事長期間，我的生活異常忙碌，即便出國或到台灣各地也都跟工作有關，沒有真正慢下來，靜看一片雲，細聽一陣風。我很喜歡蔣勳老師的書，他每年有一半時間在池上駐村，筆下與這個小鎮有關的事令我著迷，長久以來心神嚮往。

大謀一卸任，就為我規劃了池上半日之旅，為什麼是半日，因為必須當天來回，然而火車來回就用去約八個小時，在池上只剩下緊巴巴的四個多小時。唉！我還是無法享受真正的慢下來，但是，已經很滿足了。

池上車站是台灣十六個最美麗的車站之一，由穀倉改建而成，也是最有氣質的車站，據說，還放著古典音樂。預計十點半到達池上，先去：

1. 計程車排隊的地方，看看有沒有女司機，如果有就去伯朗大道（沒有查到大概多少錢，應該是喊價的）

2. 如果沒有女司機，可以去：

(1)池上飯包故事館，距離車站約三百公尺，那裡還有賣便當，可是沒有素的，大概可以參觀一小時左右

(2)參觀完之後，可以去山西婆婆的飯館吃飯，那個飯館距離車站約兩百公尺，需要回頭走，確定包子花卷和晉糕是純素，炒貓耳朵（最好問一下可不可以做素的），她們家的女兒以前是池上鄉導覽員，可以聊聊天，也可以問一下有沒有值得信任的司機

(3)可以去池上鄉農會超級市場，距離火車只要兩百公尺，有很多池上鄉特產，如果超過兩千元，可以宅配

(4)上火車之前，可以去火車站對面的池上便當，有素便當

附註：

四月份的池上，都是一片綠油油的稻田，即使不到伯朗大道也有很漂亮的風景。注意安全！

手握大謀專為我制定的目的地指南，雖然他不在身邊，但感覺一切盡在他的掌控之中。我呢，跟以前一樣，帶著空空的腦袋、輕鬆的心情就出發了。

一下火車，腳步自然慢了下來，怕吵到蓋著綠色毯子、聽著蕭邦、閉目養神的大地，它正靜靜孕育著一片生機。

從車站出來，直接去了山西婆婆的店，簡單自我介紹，竟然是意想不到的親切。山西婆婆拉著我的手，開始講她與阿美族老公的故事，我們都莫名流下眼淚。看到牆上客人留下的感謝，我從包裡抽出一張紙，匆匆寫下一首小詩。怕打攪婆婆做生意，我悶頭吃完晉糕和素炒貓耳朵，買單的時候，才把那張紙念給婆婆聽，又是一陣熱淚。

步行至大坡池，湖水倒映著遠山和懶懶的雲，聽著涓涓的水流聲，吸著空氣中淡淡的稻香，那種靜，連身體都輕了起來。路上遇到狗狗，竟也少了都市狗狗的焦躁與不安，輕盈的步伐，連奔跑都好像面帶微笑。

被悠揚的古典音樂吸引，走進了一個展演空間，一位中年男子正在洗茶杯，問我的第一句話是：「要不要來杯茶？」

我：「有咖啡嗎？」

他：「有，手沖的招待咖啡。」

我：「不用招待，可以付費。」

他：「咖啡只有招待的，但不是誰都招待。」

我們一起笑出聲來。喝著手沖咖啡，聊起彼此跟音樂有關的緣分。期間，不斷有人好奇探頭進來，當有人走進來時，這位鍾先生提議給我們播放一段影片，關於音樂與這片土地的故事。

聽到「彎腰跟土地學習」，我突然明白池上讓人留戀的地方。池上，保留了人與土地最親的關係，而這個關係，在很多地方因為都市化而消失了。我們口中的每一粒糧食都源自天與地的恩賜，「池上秋收稻穗藝術節」復刻古代祭祀活動，在感謝天、感謝地以後，才開始收割。有了這份感激、珍惜與祝福，口中的米粒咀嚼起來是不是有著不同的滋味？

上火車前，當然要帶一個池上便當。在月台上，再多望一眼綠油油的稻田、遠處的山和漂浮在上面的雲。當火車離開月台，我的目光依舊停留在窗外，稻田緩緩往身後飛去，我宛如飛翔在綠色的雲朵之上，搖搖晃晃的車廂，身體像風箏一樣，越飛越遠。

〈秋葉〉

小時候
我喜歡靠在你身上聽你說古早以前的故事
長大後
我喜歡在風中搭著你的肩跳舞

我問你

你喜歡我這樣依戀著你嗎？
你回說
我喜歡你所有的一切

在我變黃時我知道我即將死去
但我至少和你有過一輩子的美好

我會在土裡守護著你
也希望你記得
那曾經有我的日子

二〇一七年十一月，為了完成寫作課的作業，大謀勉為其難、史無前例、絕無僅有地寫了幾首詩，〈秋葉〉是第一首，也是他最喜歡的一首。從第一句的「小時候」，不難想到，春天裡，樹上新發的嫩芽，在晴雨晨昏中聆聽大樹的呼吸；緊接著「長大後」，枝頭的樹葉長成自己的形狀，閃耀著自己的光芒，在雲嵐風煙中或舞動，或歡唱；樹葉依戀著大樹，大樹寵愛著樹葉；秋來霜至，樹葉短暫的韶光到了盡頭，它用祝福和守護與大樹告別，用美好的回憶取代訣別的感傷。這首詩不就是大謀心境的寫照嗎？從知道自己生病開始，大謀就為提前退場做準備，多年前在整理他的舊筆電時，發現了第一版的「遺囑」，裡面交代他走了以後，希望我陪媽咪旅遊、照顧媽咪……。

四月份，兩年理事長任期結束，工作交接完，趁我回西安之際，邀媽咪一起前往，也一償她與親家公、親家母相約再聚的心願。在西安待了一週，大謀為我們規劃了很多行程。以前也很少有機會陪西安媽媽旅遊，於是就帶著兩個媽媽，每天至少去一個景點。兩個媽媽的年齡都超過六十五歲，所有門票一律免費，兩人都說有種賺到的感覺。我則體會了一次左手媽、右手媽的幸福。

陪她們逛永興坊、回民街、大唐芙蓉園、大雁塔、書院門、城牆、寒窯……看著兩個人的背影，互相攙扶，說說笑笑，真希望歲月溫柔，讓她們的眼睛依舊明亮，腿腳依舊輕便，容顏依舊年輕，讓我每次離家又都是回家。返回台北的前一天是母親節，第一次同時為兩個媽過母親節，我默默祈願，請讓我陪著她們走更遠的路，看更多的風景。

親愛與傷痛

在西安時，壓在心中的一塊石頭，讓我在一次下車時扭到腳，連著幾天踩到地上都會痛。晚上，媽咪心疼地說：「妳在台北要照顧謀謀，出來旅遊，又要照顧我，妳難得回一趟西安，還沒有時間陪西安爸媽。」我不想讓難得出來放鬆的她掃興，每天都和大謀討論，希望能帶來一些新奇的體驗。

媽咪拿出非常寶貝的能量精油，那是她在不舒服的時候塗抹在額頭、太陽穴或人中處用的，她要我塗在扭傷的腳上。我推辭一番，還是接了過來。打開瓶蓋，薄荷、檸檬馬鞭草、尤加利精油的味道從鼻腔、呼吸道沁入，彷彿進入了身體最深處。這是在媽咪身旁不時會聞到的味道。我用滾珠輕輕塗在掌心，慢慢按摩腳踝和腳掌。

也許，足部放鬆，身體跟著放鬆，心底的祕密也鬆動了。我說，有一天，發現大謀的精神不太好，再三追問，他才緩緩說出覺得自己的大限近了。我問為什麼，他說就是感覺。當時以為也許是理事長卸任，突然空閒了下來，又或許是過去兩年真的是像大家說的，他在燃燒自己，或者可能是大謀認為自己的使命完成了。他開始對淨土修行產生興趣，希望下輩子在極樂世界繼續修行，早上的定課從《藥師經》換成了《阿彌陀經》。媽咪靜靜地聽著，沒有說話。第二天早上，真的很神奇，扭到的腳不僅消腫，踩在地上也沒有痛感了。媽咪把那瓶能量精油送給了我。

我們從西安回來不到十天，媽咪連用筷子夾菜都變得困難，記事本上的字越來越潦草，一週之間竟在洗手間摔倒兩次……。我原本以為這些是伴隨「老化」而來的不方便，卻也疑惑怎麼會來得這麼突然，令人措手不及。

大謀理事長任內積極推動漸凍人相關研究，卸任前，接到科技部前瞻司的電話，希望進一步了解漸凍病友的需求，我和大謀快速準備一份簡報，列出中後期病友的主要需求。五月在科技部出席專家會議時，遇到已退休的神經內科主任黃啟訓醫師，會後，黃主任關心媽咪和大謀近況。黃主任在接觸漸凍症前一直是腦中風方面專家，聽了媽咪的情況，他敦促我趕快帶劉老師去看他的門診。

五月三十一日下午，在電梯裡偶遇張澄子阿姨，我們陪著媽咪做了頭部斷層掃描。一個小時後，回到黃主任的診間。媽咪剛坐下，主任就垂著頭低聲說：「這就是我最擔心的。」

突然覺得時間暫停，連空氣都停止流動了。

我問：「主任，這是什麼意思？」

黃主任說：「劉老師的癌症轉移到頭部，像散彈一樣，到處都是腫瘤。」

他盯著電腦螢幕，不斷地來回看著片子，診間裡只聽見滑鼠的聲音。

媽咪冷靜地問：「我還有多少時間？」

因為祈翔病房的革命情感，在黃主任的心裡，媽咪也像是他的母親。他抬起頭，眼眶泛紅，有點哽咽地說：「接下來，是用**月**計算……。」

當天晚上，我接到黃主任的電話，他說要為自己在診療室的失態與不專業表示道歉，作為醫生，不應該流露個人的情緒……。我說媽咪是我們大家的媽咪，我們太愛她，我們都捨不得……。

之後，我又聯絡了蔡清標醫師，蔡醫師幫忙請教台灣乳癌方面的權威，也是榮總乳癌中心主任，建議先住院做正子斷層掃描。在等待榮總病床的十多天裡，看著媽咪的身體一天天下滑，卻無能為力。每天依舊陪著行動越來越艱難的她進進出出，去銀行、律師事務所、保險公司、醫院。媽咪也許覺得這次住院凶多吉少，她想把能處理的事情儘可能多處理一些。

六月十三日，終於接到榮總的電話，晚上住進去，第二天正子斷層掃描，確定乳癌復發且轉移到全身。看著掃描結果，像火山爆發一樣，癌細胞擴散到全身。放射科醫生說這種情況在臨床上十分罕見。媽咪沒有沮喪太久，她很快調適好自己，積極地配合治療，而且發了更大的大願，她說希望自己的病能為醫學上的突破做出一點點貢獻，還對醫生說想嘗試的治療都可以用在她身上。看著各種治療在她身上的副作用，我一次又一次偷偷落淚，我不想接受正在和即將發生的，我想制止醫生在媽咪身上進行的「想法實驗」，我只希望此刻的她能好好的，不要再受更多的苦與折磨了。

七月十三日早上，我一到病房，媽咪半瞇著的眼慢慢睜開。媽咪五月份去西安時受到姐姐的款待，便盛情邀請姐姐帶初中畢業的女兒到台灣旅遊，然而，她們母女七月初入台時，我正忙著往返於醫院，無暇陪她們去玩，還好幾位朋友輪流接待，讓我可以安心照顧媽咪。

我趴在床邊，媽咪說：「我們可以坐火車走幾個地方，台灣有很多地方都很美，妳上次去的——」

「池上，媽咪去過池上嗎？」

「沒有。」

「我們十一月可以去，去看《秋收》。」

「應該不錯。」

出門前，帶了媽咪和我都很喜歡的《捨得 捨不得——帶著金剛經旅行》，翻到〈池上之優〉一篇，慢慢讀：「人在長卷裡，走走停停，像人在歲月裡，也有輕重緩急，走來走去，終究要知道自己不會是主角，以為自己是主角，不會看得懂宋元最好的山水長卷裡的雲淡風輕。」

媽咪擅長水墨畫，微笑著回憶以前學畫、看畫展，奢侈地用一整個週末完成一幅作品。

「媽咪喜歡畫什麼？」

「山啊！粗粗的線條、穩重、敦厚……。」

池上，成了我們憧憬的地方，水平的線條，稻子的香氣，秋收時，再見！

彼岸 無夢 月明

不驚不怖不畏

住院四十多天，十二次電療，兩次化療，一次標靶，先後感染沙門氏菌、VRE腸球菌、非典型性肺炎，媽咪的免疫系統徹底被摧毀，疱疹、口腔潰爛、重複感染。七月二十五日，醫生說，說再見的時刻越來越近了，我立即為大謀訂車，聯絡家人和一直惦記著媽咪的病友與朋友們。大家聚集在病房外，靜靜地聽著呼吸器的聲音，誰都不肯離去。那天，是大謀最後一次摸到媽咪溫柔的手。

媽咪，對不起，我沒有好好保護妳，還讓妳受這麼多苦。……醫生告訴我們妳可能晚上就要離開。妳戴著呼吸器面罩，與病魔搏鬥，我很心疼和無助，Kiki把我的手和妳的手握在一起，妳的手還是那麼柔軟和溫暖，就跟以前一樣……。

七月二十七日中午終於等到安寧病房的床位，剛搬進去，護理師就通知所有家人儘快趕到，她們要把那讓媽咪痛苦的呼吸器面罩拿掉。媽咪躺在靠窗的床上，已經睜不開眼，當我握著她的手時，她像平常一樣握了我一下，她知道是我。媽咪住院前的那兩週，每天晚上，我坐在她床邊，陪她說話或者為她持咒。她很喜歡我陪，但又不忍心佔用我太多時間，她會握一下我的手，催促說：「好了，去陪你先生。」

護理師移開面罩，把接了氧氣的一段蛇形管放在枕邊，正對著媽咪的嘴巴和鼻子吹氣。她美麗的臉龐被壓得有些變形，面部和鼻梁的皮膚被壓成了紫黑色，破皮。我用乳液和媽咪喜歡的能量精油輕輕塗抹，那是我們都熟悉的味道。

看著媽咪的呼吸漸漸平緩，隨著每一次呼氣和吸氣間隔拉長，嫂嫂和我在彭彭姐的幫忙下為媽咪換上衣服。當哥哥確定媽咪的脈搏停止後，通知護理師為媽咪拆掉尿管和人工血管，然後，大家護送著，把媽咪的床推到祈禱室。

坐在媽咪旁邊，我覺得她還有感覺，還有溫度，只是睡著了。她能聽見我的聲音，她曾經告訴我每天夜裡都期待天亮，「只要天亮，Kiki就會推門進來。」而今，她要一個人踏上另一段旅途，希望她能抵達「無有眾苦，但受諸樂」的世界。有長輩告訴我，媽咪熟悉我的聲音，在助念期間，要每隔一段時間，在媽咪耳畔說：「不要害怕，不要擔心，一直念佛，如果看到溫暖的光就跟著……。」

八個小時助念完，已近午夜，當我對媽咪說：「媽咪，我們出院了！」是送她的大體去一殯。靈車穿梭在深夜的台北，我的心情跟車窗外的路燈一樣沮喪、暗淡，好想站在車頂，對全世界大喊：「媽咪走了！媽咪不在了！」

說不清楚這是怎樣的緣分，我們就是很親。西安媽媽曾對媽咪說：

「妳是穎的天，妳不能有三長兩短，妳走了的話，穎的天都塌下來了。」我的天其實早從媽咪病倒的那天起，就塌下來了，一個多月來，只是儘量用自己微弱的肩膀支撐著，因為我的身旁還有需要我撐起天空的人。如今，媽咪走了，她閉上了看盡繁華與滄桑的雙眼，離開了承受苦難與沉重的身軀，而我那苦撐的天空徹底坍塌，碎片滿地。

媽咪離開三年多了，這一千多個日子，我持續在做一件事，就是把塌下來的碎片，一片片撿起來，努力拼上，那些鼓勵、依賴、囑咐、希望，我一片片收起來，那是媽咪留給我的寶貝，留給我生命的盤纏，我要好好走下去，因為，她把最疼愛的託付給我了。

悲傷不等於淚水，我與大謀依舊重複著日常、冬夏，《那些生命中的美好與失去，我們邊吃邊聊》（Let's Talk About Death Over Dinner）在談到失去親人的傷痛時，有這樣一段話：

悲傷沒有時間限制，它跟時間無關，而是關於放下一個我們所愛的人，一個在我們原本想像的未來也存在的人，而，這也意味著放棄我們可能依附的一部分自我，生命因此有了一個傷口，而，每個傷口都會以不同的速度癒合。

媽咪，一個原本在我們想像的未來應該存在的人，確確實實缺席了，在每一個想要與她分享的時刻，她都不在身邊。然而，一個在我們的生命中有足夠重量的人，是不會消失的，她永遠不會從我們的心底缺席，她的音容笑貌會永遠活在記憶裡。生命難免有缺憾，愛可以消弭，深愛我們的人正是用她的生命教會我們，不管遭受什麼，都不要失去感受愛和付出愛的能力，在每一次創造愛、撒播愛的時候，愛就在流動，她的生命也會因此而延續，繼續活著，在我們的血液、心跳、呼吸裡。

Sky and Land

還至
本處

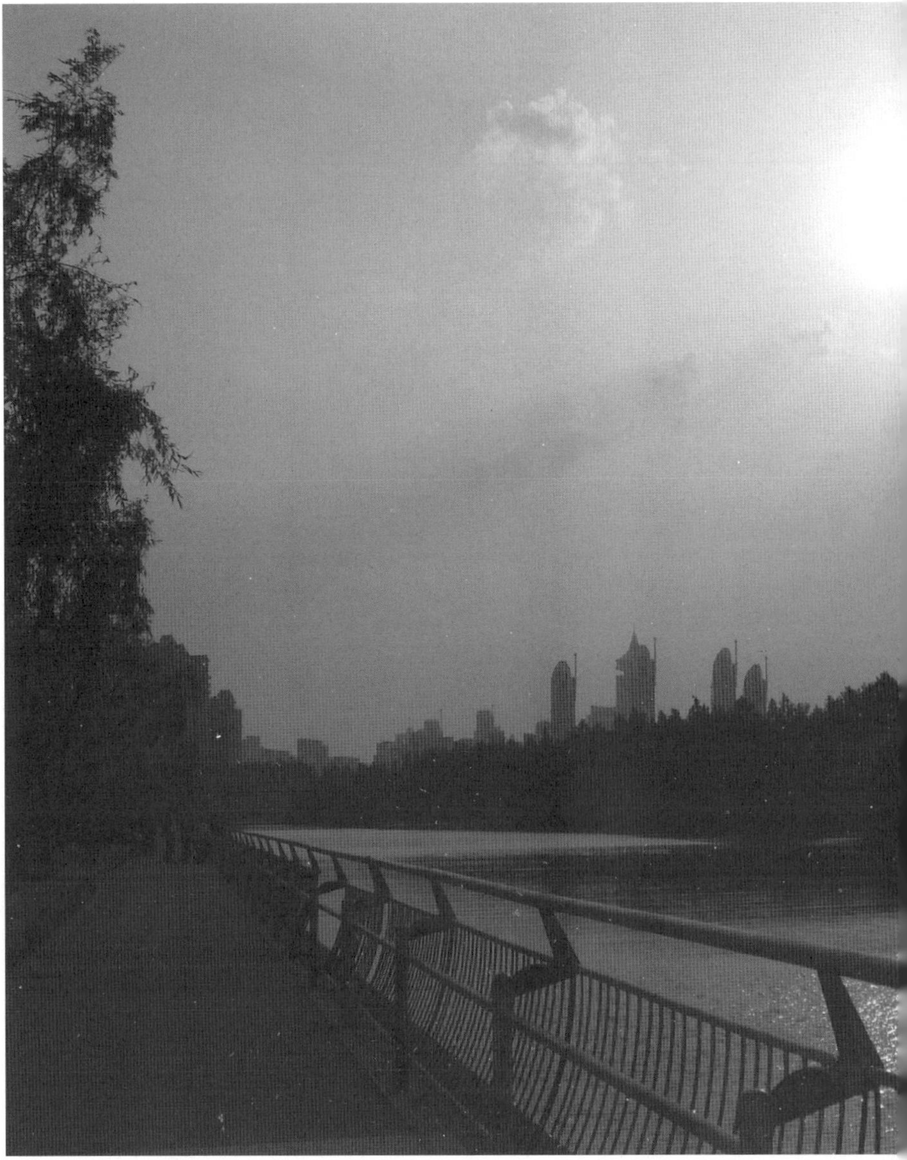

《夢想的音符》

有一天早上，在榮總病房裡，跟媽咪聊天，她說希望自己的病能好起來，這樣眼睛就能看清楚了。她突然問我：「妳猜，我眼睛好了，最想看的第一本書是什麼？」

我知道她非常喜歡閱讀，只要她睡的房間，很快就會堆滿書。我一連猜了好幾次，竟然都沒猜中。她說：「《夢想的音符》。」

《夢想的音符》是我在二〇一八年四月創作的繪本故事，以鋼琴家彭怡文老師的故事為原型，邀請療癒風格見長的留美畫家劉思妤作畫。媽咪住院期間，我用手機給她看過已完成的畫作，回想起來，也許那時她的眼睛並沒有把小小手機螢幕上的色彩與圖案傳遞到視網膜上，而是她的耳朵把我描述畫面的聲音傳遞給大腦，善於構圖與色彩搭配的她在心裡繪出了一幅幅動人的圖畫。

之所以創作這個繪本，是多年來一直希望為漸凍家庭的孩子們做點事情，儘管我和大謀沒有小孩，但是希望所有的孩子都能沐浴在愛的暖陽下，健康、茁壯。在我們家，大謀的姐姐病倒後，兩個兒子還未成年，媽咪對於這兩個外孫除了當他們的姥姥，還要代替姐姐當他們的「媽媽」，在兩個男孩成長中的每個重要時刻，她從未缺席。

二〇一八年十月初，《夢想的音符》終於出版了。我拿到繪本後，既開心又有些許感傷，就如同我在後記〈夢想的續曲〉寫道：

這本繪本的誕生，本身就是一個久違的夢想的達成。十多年前，因為愛進入一個漸凍家庭，這個家不但沒有被這可怕的疾病打倒，反而在絕境中開創了一片新天地，在那裡自由地探索生命的可能。這一切要歸功於這個家庭的支柱——我的婆婆，劉學慧老師。她的先生和一雙子女罹患漸凍症，作為妻子、母親、漸凍人協會理事長，她要扛起的又豈止是一個家庭？

原以為，她的愛，取之不盡，用之不竭。只要她在，我的世界就陽光燦爛；只要她在，澌凍的世界就不會結冰；只要她在，就沒有一個孩子會因媽媽生病而哭泣和孤單……突然間，她竟離我們而去。病中的她，對這本小書充滿期待，最會講故事的她，還說要帶著這本書去跟好多小朋友分享。

她告訴我，一個人做夢，叫白日夢，一群人做夢，才叫夢想。如今，在好多人的幫忙下，這本小書就要問世了。我卻像個失去方向的孩子，想無助的嚎啕。

……

永遠不要忽視自己愛和被愛的能力，那是一種蘊藏在心底，不開發永遠不知道有多強大的力量。希望透過《夢想的音符》傳遞信心、希望與愛。

在給大謀念這段文字時，淚水幾度模糊了我們的雙眼，但又感覺到一團暖暖的能量將我們包圍，那是看不到卻能感知的幸福，那是一個人即便形體消失，她的愛依舊在的證明。我一念完，立即決定親自把熱騰騰的繪本送給故事靈感的來源：彭怡文老師。二〇一五年，為怡文老師把住進祈翔病房後，五年間用眼睛在電腦上寫下十四萬字的日記集結整理成《無言的天空》一書，對於她的故事熟稔於心。每每想起十歲的小怡文與爸爸的一段往事，心中都湧出一陣暖流，《夢想的音符》正是講述了這段故事。

我從後山埤捷運站出來，已經快晚上九點。天空飄著毛毛雨，隨著越來越接近，我的心跳也在加速。乘電梯上七樓，沿著熟悉的那側，穿過長長的走廊。

半個小時裡，有笑有淚，大承哥從各個角度抓拍我為怡文姐朗讀繪本的畫面，興奮地好像個少年。他們都進了故事，那些只屬於他們的元素，在畫家的筆下定格，維也納、千紙鶴、蘭花、擁抱、眼淚……。

大承哥送我到電梯口，問：「Kiki，可以握妳的手嗎？」

我伸出手，他緊緊一握，說：「謝謝妳，Kiki，怡文好開心！」

夢想續曲

「Kiki，妳想做什麼？」

問我這句話的時候，Maggi和我正坐在他們公司樓下的餐廳，中午用餐時間，有點嘈雜。我放下手中的碗筷，雙手摩挲。

兩天前，傳了一條訊息給Maggi，說我出了繪本，想親自送給她。

她竟然很快回覆說週五上午有時間，還約我一起吃午飯。

輕鬆的口吻，我不敢相信自己的眼睛，一連看了好幾遍，確定是來自這位我非常尊敬的企業家。一九八三年，Maggi與先生和弟弟創辦勤誠，把「吃苦當吃補」，打造出機殼王國，她在業界享有「機殼一姐」的稱號。馳騁商海的她，一直保留著最初的質樸與真誠，心懷感恩與利他精神，多年來，默默用自己的力量與行動，回饋和滋養這片土地。

跟Maggi初次見面要回推到台中高鐵站，我們在集合點等待，上了同一輛接駁車，才知道是奔赴同一個會場。那時候，我們並不認識，聚會上，我是分享嘉賓，Maggi是聽眾之一。兩個月後，她的特助輾轉聯絡到我，說董事長邀請我去公司的策略週上分享，真正的交集從那時開始，那一年是二〇一七年。從那年冬天開始，Maggi都會親自邀請我參加他們公司的尾牙，還特別交代為我準備素食；也是從那年開始，每年春節都會收到Maggi寄來的一大箱素食年菜，讓我在異地他鄉的年，多了被關愛的滋味。

這次的拜訪，我抱持著非常簡單的心，分享繪本。午餐前，我們聊的是創作繪本的因緣，分享著故事背後不曾道來的人和事，從計畫創作繪本，到往返榮總與家的夏天，後來送走沒有等到繪本出版的媽咪……，我一頁頁講述《夢想的音符》，穿插著彭怡文老師的生命故事。

也許，不經意流露出的失落被 Maggi 察覺，她陪我聊了很久，聊到彼此生命中最重要的女性。Maggi 說到母親時，眼睛閃著光，純真、素樸，讓我忘了她是一位叱吒商界的女強人，只是一位好親切的姐姐。那些兒時的歌謠從她的口中輕快流出，我的思緒也跟著飛到五十年多前的雲林斗六，夕陽西下，一家人坐在門口的大樹下，圍著年輕的母親，拍著手，和著美妙的歌聲。我嚮往那份簡單的美好，假如上天給我超能力，我想為 Maggi 把這份美好定格、珍藏。

Maggi 紅著眼眶，直到助理敲門提醒，我們才回到現實。

餐廳的位子已經留好，助理提前為我點好蔬食小火鍋。坐在靠落地窗的桌前，冬日正午的暖陽照進來。Maggi 問我想做什麼的時候，我覺得自己好渺小，年少輕狂時，憧憬著人生要轟轟烈烈地過，接近四十歲，只想平平淡淡走下去。看著眼前這位成功女性的楷模，我輕聲說：「Be a voice for the voiceless.」（為無法為自己發聲的人發聲）。

跟著大謀來到台灣已經進入第十個年頭，二〇〇八年十二月三十一日，收到媽咪的簡訊說希望二〇〇九年的最後一天可以跟大謀一起在台北跨年。二〇〇九年夏天從上海搬到台北，一圓媽咪的跨年夢，我們一起跨了九個年。而今，她從我們的生活缺席了，漸凍大家庭也失去了一位母親，一個為他們撐起一片天的人。每當我想退縮，回到自己的小世界，媽咪在病中的囑託就會在耳畔響起，「有些事情只有妳做得比較好！」

除了做好大謀的妻子，我並不是很清楚她說的是哪些事情。我只知道自己已經愛上這個島嶼，儘管過去十年，這裡的景氣沒有回溫，這裡的污染沒有改善，這裡的政治環境也沒有變更好……，然而，這裡卻成了每一次離開最想念的地方。

「Kiki，勇敢去想，只要妳想做的，我們一起來做，我支持妳。」

回到辦公室，Maggi 把助理叫進來，說要買五百本繪本分送給企業界好友，並交代在聖誕節前，安排我去勸誡分享，也要聯絡受贈企業安排我去分享。

Maggi 問助理名單有沒有遺漏，助理說了幾個名字，發現冊數已經不夠送。我心算著第一刷的庫存也不夠了，Maggi 說：「再加印，這麼好的繪本，一定要跟更多人分享。」

Maggi 手裡拿著繪本，說：「加印時補上系列編號，繪本妳要一直出下去，還有第二冊、第三冊……。」

《夢想的音符》其實不是任何一個人的夢，也許，正因為交織著好多人的夢，它才成了夢想，才成了「夢想的交響曲」。寫故事腳本時，我並沒有想要出下一本，而在愛與熱情的火花中，激盪出了下一個好故事。

延續 Maggi 助印繪本《夢想的音符》開啟的善因緣，在二〇一九年十一月已經四刷了。繪本被送到台東、花蓮、雲林等偏鄉學校，也讓我有機會前往多家企業分享。每到一家公司，他們的董事長都親自出席，或開場引言，或結束時總結，我也深受感動與鼓舞，這些公司用各自的方式為漸凍人協會出一份力，或捐贈發票、或捐款，或促成其他合作因緣。

二〇二〇年除夕中午接到 Maggi 的電話，勤誠年底將搬新辦公室，希望把「飲水思源」融入勤誠的組織文化。我與畫家劉思好再度聯手，將其母親李慧选女士於一九四九年十四歲來台在島嶼落地生根、開枝散葉的故事創作成繪本，並搭配別冊。經過半年多時間，終於在中秋節與大家見面。

期間全球受到新冠疫情影響，我和大謀的生活也經歷一些變化，包括兩位看護先後離職，遭遇人力空窗的慌亂；與我感情深厚的病友林月姑女士的離世，令我悲傷不已，在大謀理事長期間，曾為她編輯出版《面對人生的勇氣》，當她進入居家安寧之後，一個又一個午後，我從公車站下來，步行到吳興街山坡，爬上老舊公寓的三樓，我們談著此岸未了情，憧憬彼岸的美好；受病友鄭龍光之托，把氣切後用眼控電腦創作的小說《凍物》作為告別之作出版，採訪其妻延麗，一位來自山東煙台的女孩，什麼叫死心塌地，什麼叫無怨無悔，什麼叫情到深處無怨尤……，宛如，遇見了另一個自己。書出版了，鄭先生進入了徹底的冰凍，唯有床邊那顆火熱的心，日日溫暖他的心跳。

千江月明

二〇一九年五月，大謀是這一年第二度住進醫院，也是氣切六年多來第二次住院，距離前一次只隔了短短一個多月。

蜂窩性組織炎在他的肩膀快速擴張，醫生用了兩種最強的抗生素壓制，然而用藥兩天仍不見傷口好轉，感染繼續蔓延，已接近氣切口，發燒快四十度，心跳只有四十幾下。醫生果斷更換抗生素，直到清創處理兩天後，大謀的臉色才從時而發黑時而發白中漸漸有了血色。

期間，我感冒了，每天往返醫院，身體疲憊加上心裡壓力，吃了不少藥，卻遲遲沒有改善。就在我努力調適，把往返醫院當成新的日常時，一日中午，病房助理抱著放隔離衣的桶子進來。我說一定弄錯了，早上醫生查房時還說抽血結果良好，專科護理師清理傷口時也說有收口。病房助理確認了一下，又抱著桶子回來，硬是留在病房裡。沒有人跟我們解釋，我的腦袋突然覺得很脹，跑去護理站問，也沒人能回答我。後來，值班護理師拿著小抄，謹慎、小聲地跟我透露是一種「超級細菌」。

端午節附近，台北又溼又熱，還時不時一陣雷電交加的大雨，關了燈的病房，昏昏暗暗，看護在沙發上午睡。我斜靠在大謀肩上，沒有睡意的我們，正忙著Google什麼是MRSA。

不查還好，一查嚇了一跳。MRSA，這種超級細菌具有很強的抗藥性，有的文獻說在三十天內死亡率是三分之一，還有的說是二分之一。

我握住大謀的手，他表情平靜，我先開口。

「你有什麼害怕的嗎？」

「沒有。」

「你覺得有什麼準備要做嗎？」

「衣服。」他想了想，「還有鞋子。」

我想到前一年為媽咪準備衣服的情景，最後一個階段來得太突然，媽咪一下子還不能接受，而且她的身體狀況不穩定，無法心平氣和地坐下來討論身後事。還好媽咪在健康的時候，已經託付了好姐妹茹卿師姐。

於是，茹卿師姐就帶著我和哥哥嫂嫂悄悄地做這個階段該做的事情。

「茹卿師姐可以幫忙，老公是 oversize（超大號），可能要訂做。」

「先準備吧！」

我始終平靜地跟大謀說話，但身體已經啟動保護機制。有一團物質，流遍全身，架起了一個防護罩，在那個罩子下，我可以脆弱、哭泣、否定、逃避，但是罩子外的我是強大、堅韌、不放棄的。

傍晚，主治醫師到病房向我們解釋，他說不用那麼擔心，報告是剛住院時採的檢體，抗生素押對了，更換的一款古老抗生素是唯一可能對治這個細菌的藥，而且確實發揮了療效，傷口沒有紅腫痛，也沒有再發燒。只要繼續把整個療程走完，應該沒有問題。那一刻，我和大謀才鬆了一口氣。感謝菩薩保佑！

與漸凍症相處十幾年，早已習慣逆來順受，病房裡的那一刻，兩個人只想緊緊相擁。我一邊回想大謀為什麼會感染這樣的細菌，一邊思考，在有限的生命中還能做什麼，協助大謀整理學習淨土經典心得的想法就在那時萌生。

出院前兩天，從大謀口述第一篇〈淨土之行之一：淺談我對淨土的認識〉開始，五部經典學習心得的整理，總共歷時三個月。大謀在〈後記〉中寫到：「這幾篇文章不知道對其他人有沒有幫助，至少在寫的過程中，我和 Kiki 透過討論，都對於淨土有了更深地認識。」

大謀的書寫方式是先打腹稿，再口述，由我記錄，再修改、潤飾才能完成。這一系列文章的寫作，過程並不是那麼順暢，除了頭和尾兩篇，我打字比較有耐心，其他幾篇，都夾雜著些負面情緒。有時因為大謀躺的角度不好，說出來的字很難聽懂，加上我對淨土不熟悉，一些詞語拼很久都拼不出來，我便失去了耐心；有時我對大謀的敘述不是很懂，例如，在他寫〈淨土之行之四：淺談《觀無量壽經》〉時，我認為有些地方不是很好懂，便很有責任感地說：「我都看不懂，其他人怎麼看懂！」當天晚上，媽咪托夢給我說：「謀謀寫文章不容易，不要太嚴苛。」大謀聽到這個夢，流下淚來，默默地把我看不懂的地方一一修改。

這些內容也許對於其他人並沒有那麼大的意義，但是對於大謀和我，卻是共同完成的一件重要的事。在修行上，我與大謀的差距很大，很開心能當他的小護法，陪他做想做的事情。

這一路走來，似乎一直有道光召喚和指引著我們。當初，遇到大謀時，他是多麼耀眼，我被他身上的光吸引，決定追隨他，視他為我生命的北極星；他也看到了我的光，在他口中，我的光更迷人、美麗。當來到他身旁，我恍惚了，不知道彼此眼中的光到底是來自對方還是自己。每一次眼神交會，我們都看到了那道光，宛如寧靜夜空下的彗星，又若難得一見的絢麗極光。無數次的凝視和對望，我們確定了，那是潛藏在心底，只有遇見彼此，才會閃耀的能量。當我跨越海峽，來到彼岸，遇見大謀的母親，我們媽咪，發現光的本源是更強大的存在，即便如今，她的形體消失了，但她的光依舊清明，繼續引領我們，在這條不太平坦的人生道路上前進。

風清月朗

二〇二〇年新冠疫情肆虐全球，人們感受最深的就是生命的脆弱與無常，同時，也更加清楚什麼是這世間最珍貴的。我和大謀在這不太平靜還算平安的一年，最開心的事情就是做好友的愛情見證人。好友經歷父親的離開，與女友決定結束愛情長跑，登記結婚。

一日來訪，他帶著我最喜歡的紅豆麻糬喜餅，請我和大謀做他們的見證人。他說希望自己的愛情也能像我們一樣經得住考驗。大謀蓋章，我簽字，送上最深祝福。登記那天，他們傳來照片，一雙手戴著對戒，靜靜閃著幸福、喜悅的光。

Epilogue

尾聲

You and Me

與爸爸的隔空對話

女兒：你記得第一次見到我的情景嗎？

爸爸：第一次見到妳是一九八一年十月，我剛從非洲回國，先一天晚上從北京坐了二十小時的火車，下午四五點回到家中。鄉親們來了一大群，妳哥、妳姐到底還是大些，在人群裡鑽來鑽去，跟在我後邊不停地叫爸。妳躲在妳媽背後，偷偷地看著我，我走過去抱妳，妳手一甩一甩地，「不要、不要」，妳媽忙說：「叫爸、叫爸。」妳奶也在旁邊說：「這就是妳爸，叫妳爸抱。」我把妳緊緊抱在懷裡，親了一下，又激動、又傷心，忍不住流下了眼淚。

女兒：你覺得我什麼地方最像你？

爸爸：妳的皮膚、眼睛很像我，都比較黑，眼睛也比較小，又沒有雙眼皮，妳的性格最像我，個性強，不甘人後，好學習，幹事專心。

女兒：在給我的教育中，你最後悔的是什麼？

爸爸：我最後悔的是，在妳考上大學時，沒有充分徵求妳的選擇，一心追求名牌大學，沒有讓妳留在西安上學，把小小的妳送到了外地，叫妳吃了不少苦。工作時，也沒能幫助，使妳落在了外地。

女兒：你最欣賞我身上的什麼特點呢？

爸爸：我最欣賞妳有一顆善解人意的菩薩心腸，對人誠實忠厚，辦事認真執著，鍥而不捨的學習毅力。

女兒：你對我最感到自豪的是什麼？

爸爸：妳的學習成績很優秀，順利地考上了名牌大學，畢業後工作也沒讓我操心，別人很羨慕，我很自豪。

女兒：有一次，你主動打電話反對我和謀交往，後來就沒有再阻止，是怎麼想通的呢？

爸爸：妳和謀交往，開始我是很反對的：一是謀身體不好，二是年齡大，三是家在台灣。後來妳的態度很堅定，誓死不離開謀。我心疼女兒，委屈自己，只得妥協，再一想，謀確實是個好人，心地善良，我們也就慢慢地想通了。

女兒：我和謀結婚後，決定從上海搬到台北，你有沒有捨不得？

爸爸：你們搬回台灣，我們肯定捨不得，台灣太遠，也沒有統一，回來很不方便，我們年齡都大了，思念你們，想見也就難了。

女兒：這些年你和媽媽遲遲不願到台灣來看我們，為什麼？

爸爸：我以前上班沒有時間，退休後一直給妳姐幫忙，走不開，家裡還有老虎（哥哥的小孩），需要人管，還怕影響學習。再則謀的情況我們也是知道的，見到後，我們心裡會很不好受。妳平時就很忙，我們去了還會給妳添很多麻煩。況且現在都有網絡，很方便，經常能見。

女兒：你和媽媽對我和謀最大的期待是什麼？

爸爸：我們最大的期待是：妳要有一個好的身體，才能把謀照顧好，我們也就放心了。我們也在祈禱神靈保佑你們平平安安，我們也期待老天睜眼，奇蹟出現，讓謀早點康復。

女兒：有什麼事情或話你想跟我說，但還沒機會說的？

爸爸：妳在那裡要和謀的親戚、鄰里、朋友都要搞好關係，有事商量，相互照應。如果以後有機會，我們還是希望妳和謀能回到西安，這裡有哥哥、姐姐、嬌嬌（姐姐的小孩）、老虎。他們都是妳的親人，以後也一定會關心照顧你們的。

女兒：你對我最放心不下的是什麼？

爸爸：最放心不下的是，妳以後老了怎麼辦？那時已經沒有我們了，讓我們心不甘，難闔眼。

（二〇二一年八月三十日 女兒在台北，爸爸在西安）

我好想妳

媽咪，妳好不好？在那裡習慣嗎？有沒有遇見爸爸？

從小，我就很黏妳。我總喜歡躺在妳的旁邊，摸妳的頭髮，好順，很好摸，妳告訴我一定是當初懷我的時候，螃蟹吃太多了，所以我的手才會跟螃蟹的鉗子一樣一直摸妳的頭髮。高中的時候，早上妳都會送我上學，還告訴我說媽媽順路，一點也不麻煩，我們會在車上聊天，妳告訴我不要花太多時間打籃球，到了大學之後再打。後來，一直到我上了大一還送我上學，我跟妳說：「大學了，還讓媽咪送上學，有點奇怪，很不好意思。」於是，妳帶著我買了我的第一輛摩托車。

以前，週末的時候，我喜歡陪妳去市場買菜，到市場前有一家豆漿店，我們會在那裡吃早餐，妳喜歡吃剛出爐的燒餅，我們會等新一爐的燒餅出來，吃脆脆、熱熱的燒餅夾著油條，配一碗鹹豆漿。市場裡好像每個攤位都認得妳，他們會問：「老師今天要什麼？」妳都一邊微笑的打招呼，一邊把要買的菜請他們包起來。妳做的牛肉麵很好吃，會放整顆番茄和洋蔥，跟牛肉一起燉，燉好後，湯喝起來甜甜的帶一點酸味，特別棒！

我們去了很多地方旅行，我生病行動不方便以後，Kiki跟妳去了更多的地方。妳很喜歡在旅館吃著悠閒的早餐，用乾淨透明的玻璃杯裝著柳橙汁，愜意地喝著。因為妳平常工作很忙，爸爸生病之後，更是忙著每天跟爸爸寫作，寫作的時候，妳需要站著用注音符號板跟爸爸溝通，而且一站就要站一天，非常辛苦。看著妳暫時脫離原本的環境，心情放鬆的吃著早餐，我也很開心。

妳不只照顧我們全家人，對於漸凍病友來說，更是病友們的「大樹」，大家在樹蔭下，躲風避雨。不管協會大大小小多少活動，妳都會參加。而且除了與熟悉的病友和家屬寒暄以外，還特別會關心新的病友和家屬，讓周圍的每個人都感覺到溫暖。因為爸爸的關係，妳和佛光山結緣，之後，也擔任了台北道場教師分會會長和督導。妳從不把自己放在第一位，想的都是大眾的事。認識妳的人都很尊敬和敬愛妳。每當別人介紹我是妳的孩子的時候，我都覺得很驕傲！

從醫生診斷出妳癌症復發轉移至全身多處，到妳離開，只有兩個月不到的時間，我還沒有準備好，妳就走了。記得在剛診斷時，我和Kiki跟妳說，以前都是妳照顧我們大家，現在妳生病了，換我們照顧和保護妳。媽咪，對不起，我沒有好好保護妳，還讓妳受這麼多苦。在這個過程中，我也看到妳從剛開始的不能接受，到積極配合治療，再到後來選擇安寧，以及對於信仰更加地堅定，我很想問妳是怎麼做到的？最後一次到醫院看妳，那時醫生告訴我們妳可能晚上就要離開。妳戴著呼吸器面罩，與病魔搏鬥，我很心疼和無助，Kiki把我的手和妳的手握在一起，妳的手還是那麼柔軟和溫暖，就跟以前一樣。但是，我知道這是最後一次握著妳的手了。我的眼淚再一次止不住的流下來……。

因為和大家的善緣，有好多人來為妳助念，嫂嫂告訴我，在助念儀式結束後，妳的面容平靜安詳，嘴角上揚，臉上浮現淡淡的微笑。一位師父也告訴我，他平常從沒有感應，更沒有見過什麼瑞相，然而，那晚，他清楚感應到妳乘著一朵藍紫色的蓮花……。

媽咪，謀謀好想妳！妳在我心目中永遠是那個美麗、端莊、很寵我的媽咪。我知道妳會用妳的愛繼續陪伴我們。我們也會帶著妳的愛走下去！

（二〇一八年七月三十日 謀謀在娑婆，媽咪在極樂）

讓對話繼續

關於《追光之歌》

（二〇二一年八月底，書稿完成約一半）

穎：你希望在這本書中看到什麼？

謀：我希望在這本書裡看到我們和上一輩的故事。這些故事中，一部分在當時歷史大環境下，跟有些人的故事相似；而發病，為愛做的付出和之後面對疾病的方式又是我們比較獨特的經驗。老婆從大陸嫁到台灣，兩岸雖然同文同種，很多相同的地方，但是也有不一樣的。我想看到在老婆眼裡的異同。

穎：這本書對你的意義是什麼？

謀：我希望把我們的故事記錄下來，雖然這些不是什麼了不起的事，但是我們歷經的卻很特別，也算是留下一點印記吧！

（二〇二一年十月中，書稿主體全部完成）

穎：你覺得這本書有達到你的預期嗎？

謀：其實沒有預期，老婆一直想做這件事，只是被各種事情耽誤。進入疫情三級警戒後，很多計畫取消，也不能外出，就建議老婆動筆。雖然一開始不順利，前幾個禮拜寫的內容也都捨棄了，有一天，老婆給我看了全新版的開篇後，我很感動，也很激動，用了「極好」兩個字評價。老婆聽了很開心，就繼續寫。寫作的過程也不是一帆風順，老婆有時候會否定自己，有時候不知道怎麼繼續寫，我都看在眼裡，很想幫忙，可是我的說話和打字都很不方便，只能用眼神和抱抱支持和鼓勵老婆。

所以，當老婆在三個多月的時間，完成十多萬字，也為老婆感到開心。

穎：應該說為我們倆感到開心，因為這是我們一起完成的，對吧？

謀：抱抱。

穎：整本書，你最喜歡哪個章節？

謀：都不錯。

穎：雖然主要是我寫，但你參與了整個過程，而且是第一位讀者。回想一下，印象最深或最感動的是什麼？

謀：很多。有一些媽咪小時候的事情，我以前沒聽媽咪說起過。要謝謝老婆的文字，讓我再回味了一次跟媽咪在一起的美好時光。還有老婆家族的事情，爺爺、奶奶、爸爸的故事，很感動。〈沒有墓碑的墳〉那篇，很棒。

另外，老婆做事情很專注、投入，這次書寫，會不時聽到老婆分享寫作過程中的感受和心得，也看到了老婆的「蛻變」。

穎：「蛻變」一詞是我說的，而且這是內化的過程，你怎麼看到？

謀：慈悲和柔軟吧，老婆本來就很善良，只是性格比較急，也比較直接，說話也快，有時候會不小心傷到別人，而這次書寫，透過回顧，又重新經歷一次曾經發生的事情，我相信以老婆的悟性與學習力，還有敏銳的感受，一定會覺得有的事情可以做得更好。另外，因為從更高的視角去看過去的人和發生的事，再回到現實生活中會更有慈悲心、柔軟心，這也可以說是我們修行功課的一部分。

穎：說得真好！《追光之歌》的主角主要是媽咪和我，其次是你和爸爸，關於漸凍症（ALS）疾病部分相對較少，雖然這個疾病幾乎佔據了我們的生活，你認為一般社會大眾應該多了解漸凍症嗎？

謀：爸爸和媽咪、老婆和老公，我們的人生可以說都被漸凍症徹底改變了，即便如此，我們儘量不讓生病成為生活的全部，這些年，努力在做還能做的事情，尤其是對我們和其他人都有意義的事情。對於一般社會大眾，當然希望大家能多了解漸凍症，雖然漸凍症發病率很低，只有十萬分之一，遺傳率也只佔其中的 10% 到 15%，但是誰都有可能遇上，目前還沒有解藥，所以需要更多人的關注、了解，一起努力才有可能找到解藥。

第一次去大陸

穎：你第一次去大陸是什麼時候？為什麼去？

謀：第一次去大陸是一九九九年，因為家裡聽說爸爸的老家石家莊的醫院有研發中藥治療漸凍症，我們抱著姑且一試的想法。在第一階段的藥吃完後，我去拿第二階段的藥。

穎：那時候沒有直飛，你是怎麼過去的？

謀：台北飛到香港轉機，飛北京，再從北京坐大巴到石家莊。

穎：為什麼不從香港直接飛石家莊？

謀：香港飛石家莊每個禮拜只有一次班機。

穎：石家莊的感覺，跟你想像的一樣嗎？

謀：那時候心情有點複雜，從小就出現地理課本上的地名、爸爸偶爾提到的老家、每次填寫資料都要寫的籍貫，既熟悉又完全陌生的地方，我真的到這裡了。

穎：印象最深刻的是什麼？有沒有什麼讓你感覺親切，例如：食物？

謀：食物還好，沒有特別的印象（親戚在餐廳大設酒席，並未嘗到石家莊道地的庶民美食），倒是第二天晚上吃飯有點彆扭。

穎：彆扭？為什麼呢？

謀：第二天早上拿好藥，下午去看了鄉下老家，房子很大，有東廂房和爸爸小時候住的西廂房，也完成了很重要的一件事——到爺爺奶奶墳前磕頭。

晚上親戚們請吃飯，來了很多人，沒有跟我同年紀的，就連跟我同輩的堂哥們都比我大二十歲。他們看起來都很親切，說著河北方言，但是我聽不太懂。還有一位副縣長聽說陳宏的兒子在美國拿了博士，從台灣回老家探親，他也來了。

我，一個三十歲不到的人，坐在主位，跟看起來很親切卻聽不太懂在說什麼的第一次見面的親戚吃飯，沒有覺得放鬆，反而有點彆扭。

謀：你能理解這種感覺嗎？

穎：可以想像，不太能真的理解。

關於理財

穎：你會擔心我以後的生活嗎？

謀：為了照顧我，老婆很多時間、精力和資源都用在我這裡。我希望在我走了以後，老婆可以過著財務自由的生活，有一份穩定的被動收入，可以有時間做一些自己想做的事。

穎：我對錢比較沒有概念，但我的物欲也比較低。

謀：老婆對其他人很慷慨，對自己很節儉。我希望老婆不用太省，有足夠的錢生活和做想做的事情，也就是財務自由。

穎：要有多少錢才能實現財務自由？

謀：美國有專家提出「4% 法則」。就是如果有一筆資金投資在股市和美國中長期公債，每年可以從那筆資金拿出 4% 的錢加上每年的通貨膨脹做為生活費，剩下的錢不動繼續投資，這樣在死之前都用不完那筆錢。

這個「4% 法則」很有名，但有一些假設前提，不過，我覺得很合理。老婆還年輕，保守起見，可以把 4% 改為 3%。這個部分就是穩定的被動收入。

穎：要怎麼用這個法則？

謀：老婆預估一下每年需要多少生活費才能財務自由，然後倒推一下，就可以算出需要多少資金。

這一筆資金需要投資在股票和中長期美國公債。股票 6~7 成，債券 3~4 成。股票部分儘量買 ETF 或基金，個股比例低一點，比較安全；債券就買 IEF 和 LQD。

學佛因緣

穎：你是怎麼與佛結緣的？

謀：爸爸和媽咪以前就信仰佛教。家裡餐廳旁邊的櫃子上供著一尊觀世音菩薩聖像。出國前，媽咪送給我一個觀世音菩薩的玉珮，讓菩薩保佑我。那時候我一點佛法都不懂，只覺得好像有佛菩薩會保佑我。

穎：後來有發生什麼事嗎？

謀：爸爸發病後因為呼吸衰竭緊急送醫院插管（那時還沒氣切），插管後，嘴裡含著一根輸送空氣的管子。我記得是週五晚上，我在病房陪爸爸，媽咪和爸爸的看護彭彭姐也在。爸爸突然痙攣，緊咬住舌頭和嘴裡的管子，這很危險。

彭彭姐趕緊用一根鐵湯匙試著撬開爸爸的嘴，醫生和護理師也趕來病房。

我站在床邊看著發生的一切，很著急，不知道可以做什麼，一心盼望著爸爸嘴巴可以快點鬆開。那時，我的腦海中突然出現了一個畫面，是一個用毛筆寫的大大的「佛」這個字，然後，爸爸的嘴就鬆開了。我平常不寫毛筆字，也不看書法展，我也不明白為什麼有這個畫面。從那個時候開始，就相信有「佛」。

穎：你是什麼時候真正開始學習佛法的？

謀：發病後吧。

穎：一開始是持咒誦經？

謀：我從學習念〈藥師咒〉開始，後來也誦《藥師經》、《地藏經》、《阿彌陀經》……。

穎：再後來呢？

謀：經誦久了，就想對經典和佛陀的教誨再多了解一些，聽法師的講座、看高僧大德的著述。媽咪生病後，我對淨土開始產生興趣，老婆陪我整理了淨土之行系列後，最近幾年希望對於淨土宗有更系統、深入地了解。

穎：現在每天大概有多少時間修持，都怎麼安排？

謀：翻身、拍痰、移動用掉很多時間，剩下能看電腦的時間，就在YouTube上聽法師的講座，或者看書，不能看電腦的時候，就在心裡念佛號。

吃喝玩樂

穎：你很久沒有吃東西了，最想吃什麼？

謀：鹹豆漿，燒餅油條，麻醬麵，臭豆腐……。

穎：你讀研究所期間在奧斯汀住了六年，很喜歡這個城市，如果有機會帶我去玩，會去哪裡？

謀：我會租輛車，讓老婆看看美國最好的公立學校是什麼樣子，一起吃 pizza buffet（披薩吃到飽），在湖邊喝咖啡，再開車到聖安東尼奧的 River walk（河濱步道）去感受一下很像南歐的運河。

既然到了美國，還想帶老婆去舊金山的海邊，坐在那裡，看著遊客們悠閒地逛街。

穎：老公喜歡看旅遊 YouTube，假如現在可以去任何地方旅遊，你最想去哪裡？

謀：我一直很想去四大菩薩的道場，但無法一下子去全部的道場，就去普陀山吧！這次我想在島上住兩天，前幾次去的時候都沒有在島上住一夜，聽老婆說在島上過夜的時候，感覺很寧靜，我也想去感受一下。

佛光山是我一直很想再去的地方，記得上一次也是唯一一次去佛光山是在我小學的時候，對佛光山的記憶很模糊，星雲大師隻身來到台灣，立志弘揚佛教，以佛光山為基地，把佛光山從無到有建立起來，也在全世界設立很多道場，我想去佛陀紀念館看看，也讓我想像一下當年佛陀在印度弘法的情景。

（附註：大謀如今說話已經非常不容易，用注音版拼字也是費時費力，只能用於一些緊急需求的溝通，還好有眼控滑鼠可以操作電腦，雖然不像一般滑鼠那麼好用，但至少大謀可以自己操作，學習、娛樂都靠它。這篇「對話」更像是一次「訪談」，我先擬好問題，傳 Line 給大謀，大謀再用眼控滑鼠點擊電腦螢幕小鍵盤，一個字一個字輸入完成。）

守候與祝福

請再做一次我太太！

今天晚上睡得不好，這已經是妳第四次起來幫我抽痰了。抽完痰後，我沒有馬上睡著，聽到妳在我旁邊平靜的呼吸，我知道妳已經睡著了，在這個寂靜的夜晚，只有妳淺淺的呼吸聲和我呼吸器的聲音。要照顧我真的是一件不容易的事情，回想到當初妳不顧一切，不顧家人的反對就是要和我在一起，還是覺得很感動，有妳的陪伴，這一生，真的值了！

還記得曾經對妳說過，要好好保護妳、照顧妳，不讓妳受委屈，很抱歉，沒有做到……。

記得當初妳剛來台灣，一切都還在適應當中，也沒有什麼朋友，還要一直為我不斷變壞的病情擔心，每天都有新的狀況，都有一些緊急的事情發生，就像妳說的跟「打仗」一樣，我自己除了要面對這些層出不窮的狀況以外，看到妳關心與焦急的神情，心裡也很難過，很不捨……。妳是家裡最小的小孩，比我小十歲，應該正是享受青春年華、神采飛揚的時候，如今卻要跟我一起承受這種「煎熬」。

妳說過：我們這一生就好好過，不要對來生有任何承諾。但是，我還是想對妳說：如果我來生有幸到了極樂世界，我就在那裡等妳。如果我還在六道輪迴，妳就再做一次我太太，讓我好好保護妳、照顧妳，不讓妳受委屈！好嗎？

（二〇一五年十一月二十五日 陳大謀 台北）

把深情化為祝福——寫給你的情書

又是一個夜晚來臨，為你把兩部叫人鈴設置好。你全身不能動，氣切的水球打上後，絲毫發不出任何聲音，夜裡的一切需求全靠兩台叫人鈴。為什麼是兩台？因為一台已經老舊，開發的工程師聯絡不上，另一台是熱心的老師和同學在實驗室自行研製的，雖然性能總體上穩定，但仍遇到過幾次失靈的情況，所以，兩台互為補充，確保你在最需要協助的時候，如抽痰、抽口水、呼吸器管路鬆脫，能叫醒陪伴的人。

調整好你身體位置，因為整個晚上你將保持同一個姿勢，所以，每日臨睡前，總要花很多時間擺位。有時你躺得不舒服，調整的次數太多，我會失去耐心，再加上接近午夜，精神和體力都到了最低點，因此而產生的不愉快偶有發生。

我沒有值夜班的時候都是睡書房，長期養成淺眠的習慣，當一個人睡的時候，都會借助舒緩的音樂和沉香助眠。此刻，我正沉浸在海水聲中，睡意也如潮汐般湧來，想到隔壁的你，又將獨自面對黑夜與未知，便黯然感傷。

三年前的這個時候，媽咪癌症復發轉移到腦部，醫生說只剩下幾個月了，原本以為長期與病為友，對死亡早已豁達，且有堅定的信仰，可我卻忽略了勇敢、堅強、凡事都是資優生的媽咪，禁不住醫生的「鼓勵」，短短幾週時間，把所有的治療都經受了一輪。在高強度密集的治療下，媽咪的免疫系統一次次崩潰，重複感染，治療不得不中止，最後因感染腸球菌VRE，沒有抗生素可用，病菌侵襲肺部。在收到病危通知當天的上午，也許因為多年修持與行佛，媽咪能預知時至，主動要求轉到安寧病房。誰知，榮總安寧病床一位難求，等了一個禮拜，在剛接到床位通知時，媽咪已進入彌留。

每個細節歷歷在目。媽咪的離去，讓你留在這世界的理由又少了一條。二○○五年，被診斷出ALS（俗稱漸凍症）時，你就想好不要氣切，二〇一二年因不想白髮人送黑髮人，不想拋下剛結婚三年的我，你還是氣切了。二〇一四年，與 ALS 共處十六年的父親離去，你整理好自己，做了兩年漸凍人協會理事長。剛卸任，媽咪又病倒，從確診到離開，短短不到兩個月的時間。

一切都來得太快，修養極好的你，很少在情緒上表現出巨大的起伏，即便面對這遺傳率極低的疾病，而你卻因繼承到父親的基因罹病，非但從未埋怨過，還對父母充滿感恩。每年生日，都讓我撥通電話，在電話這頭，眼含熱淚，用不清楚的聲音謝謝爸爸媽媽把你帶到這個世界上。

作為家中最小的小孩，你與母親的感情尤其深厚，媽咪的突然離開，你的世界幾乎崩塌。安靜而持久的悲慟，擊潰了你的免疫力，二〇一九年春因耳鳴頭暈，短暫住院處理，竟然感染致命的超級細菌 MRSA。還記得，在抗生素的作用下，你與細菌生死搏鬥，體溫飆高到四十度，臉色一會兒白，一會兒黑，在陰陽兩界拉扯。照顧你快十年的看護掉了眼淚，無助的我，不知如何是好，步行前往距離醫院不遠的台北道場，在十四樓大殿，為你持咒、念佛、祈願。

爸爸在戰亂時隻身來台，爺爺曾輾轉託人帶話給爸爸：「要做個有用的人！」爸爸在病中用眨眼留下遺訓：「活著就要持續成長！」你把這兩句話當成人生圭臬，儘管生活起居完全仰賴他人，但你每天的學習日程安排得滿滿的，精進不放逸，更不懈怠。雖然從理事長卸任，但是漸凍人協會的事務沒有從我們的日常缺席，你依舊熱心參與會務，出謀劃策。

你早知道現在的身體不好用了，但還是很珍惜和把握能用的部分，在《病主法》正式上路前，你已經委託律師口述遺囑，還交代了啟動撤除維生設備的條件。二〇二〇年春天，漸凍人協會與忠孝醫院安寧療護團隊合作，提供到宅簽署預立醫療決定書（AD），我們一起報名。生死天命，但，我們都知道活著就要有品質，活著就要有活著的樣子，活著就要能創造價值，而當有一天這個身體徹底不好用了，那也該讓它功成身退。

如今，你每日修習佛法、念佛，用信念、願力、行動，為下一段旅程累積資糧。這一世，作為夫妻，我們很珍惜，面對有一天要說再見，肯定會不捨，但是，我們會把這份深情化為祝福，因為相信有緣一定會再見，那時候，我們將換上健康的體魄，神采飛揚。再見，是為了下一次美好的重逢！

（二〇二一年六月六日 安寧基金會邀稿 屈穎 台北）

人間文學 076

追光之歌 *From Chang'an to Taipei*

作　　者　屈穎・陳大謀
照片提供　屈穎

總 編 輯　賴瀅如
編　　輯　蔡惠琪
美術設計　許廣僑

出版・發行　香海文化事業有限公司
發 行 人　慈容法師
執 行 長　妙蘊法師

地　　址　241 新北市三重區三和路三段 117 號 6 樓
　　　　　110 臺北市信義區松隆路 327 號 9 樓
電　　話　(02)2971-6868
傳　　真　(02)2971-6577
香海悅讀網　https://gandhabooks.com
電子信箱　gandha@ecp.fgs.org.tw
劃撥帳號　19110467
戶　　名　香海文化事業有限公司

總 經 銷　時報文化出版企業股份有限公司
地　　址　333 桃園縣龜山鄉萬壽路二段 351 號
電　　話　(02)2306-6842

法律顧問　舒建中、毛英富
登 記 證　局版北市業字第 1107 號

定　　價　新臺幣 390 元
出　　版　2022 年 6 月初版一刷
I S B N　978-986-06831-4-1
建議分類　小說｜勵志｜漸凍症

香海文化
香海悅讀網

國家圖書館出版品預行編目 (CIP) 資料

追光之歌 / 屈穎 , 陳大謀作 . -- 初版 . -- 新北市 :
香海文化事業有限公司 , 2022.06
400 面 ; 14.8x21 公分
ISBN 978-986-06831-4-1(平裝)
1. 小說 2. 勵志 3. 漸凍症

863.57　　111004464